婚殺

梅洛琳 著

一層又一層，她不停奔跑著，糾纏在雪白的蕾絲和緞帶中，那無瑕的、聖潔的白紗，是多少女人的渴望……

目錄

序

「這張不錯，這張也不錯，哇！每張都照得好好看喔！」小君看著她和阿光的婚紗照，每一張都愛不釋手，難以取捨。

「喜歡的話，就慢慢看。」婚紗店的助理笑臉吟吟。

小君喜孜孜的看著照片中的自己，沒想到化了妝，她還滿上相的嘛！雖然明知道這是攝影師的功勞，再加上打光的關係，但想到自己能呈現出美麗的一面，心裡還是滿開心的。

「阿光，怎麼樣？你覺得如何？」小君推了推他。

阿光沒有回答，臉色呈暗青色，兩眼盯著手中的婚紗照，不發一語。見他的樣子奇怪，小君將他手中的照片奪了過來。

「這是……」小君也愣住了。

序

那是一張歐式風格的照片，她和阿光分別穿著公主與騎士的裝扮，她坐在華麗的躺椅上，阿光則站在椅子後面摟著她的肩，十分親暱，兩人對著鏡頭笑得好燦爛，而後面是宮廷的布景。

拍攝的當天，除了攝影師和助理之外，就只有他們兩人了，但是照片上有個穿著白紗的新娘，有張模糊不清的臉，站在他們後面。

第一章　促銷

週末的臺北街頭，人來人往，即使豔陽高照，一波波的逛街人潮仍盤踞街頭，就像是覓食的螞蟻，不斷的尋找著他們的目標。

小君和阿光騎著機車，來到了著名的婚紗街。這條街上，走沒幾步就可以看到擺在櫥櫃的婚紗及禮服，每件都色彩鮮豔，亮麗動人，似乎只要穿上了那些服裝，就可以成為世界上最美的女人。

「哇！好漂亮喔！這間好像很不錯，那間也可以。」小君坐在阿光的機車後座上，左右張望。

「妳到底要哪間？」

「不曉得耶！」每間婚紗店都有它的特色，規模大的有它的氣派，規模小的有它的精巧。

第一章　促銷

「要不然我們把車子停下來，再一間一間看？」

「好啊！」

阿光在巷子內找了個停車位，把機車停好，再跟著小君往婚紗店的方向走，利用步行的話，他們可以慢慢挑、慢慢看。

每間婚紗店窗口，都布置相當夢幻，而門口擺著婚紗照，讓來往的客人看他們所拍攝的風格，對阿光來說，那些全都差不多，但對小君可就不一樣了，她認真的看著每間拍攝的手法，還有他們擺在櫥窗的禮服，以及整張照片所呈現出來的風格，在腦中先進行想像。

「喜歡的話，進來看嘛！」

「要不要進來坐坐？」

每當他們駐足在店門口時，裡頭的店員總是熱情的招呼，小君相信同事佩青所言，千萬不能馬上進去婚紗店——因為一旦進去的話，就沒機會逃出來了！店員的三寸不爛之舌，可以讓你心甘情願當場下訂金，事後後悔都來不及。

而她和阿光好不容易存了點結婚基金，還打算買個房子，所以當然能省就盡量省囉！

小君當作沒看到那些店員的嘴臉，拉著阿光快速走掉。

「小姐，妳好，有空看一下。」經過街口時，一個女人塞給她一張紙，小君以為是垃圾，正準備找個地方丟掉時，看到上頭的內容，眼睛一亮。「公司週年慶，特價優惠，三十六組照片只要……哇！好便宜喔！」小君看到傳單上的價格，忍不住叫了起來！

「多少？」

「兩萬塊有找耶！」小君盯著傳單，見到價格低廉，忍不住動了心。

「有這麼便宜嗎？」阿光相當疑惑。

「要不然你看嘛！」小君將宣傳單遞給阿光，他仔細閱讀上面的細節。

「三十六組照片，含化妝、六套服裝，還有其他優惠，會不會有陷阱？」阿光瀏覽過後，不禁充滿疑慮。

「我們先進去那間店看看，反正也沒什麼損失。如果情況不對的話，我們就走人。」

「嗯。」

小君拉著阿光，就回頭去找剛剛發傳單的那名女子。那名女子還在原地發傳單，只要有人經過，她就將手上的傳單塞過去。

「請問一下，上面的價錢是真的嗎？」小君將宣傳單拿到她面前。

那是名束起馬尾，露出整張臉蛋，下巴稍尖的女子，看起來相當精明。她看著小君和她身邊的男人，眼睛一亮，揚起了職業性的笑容。

「你們要結婚了嗎？恭喜恭喜，當然是真的囉！」

「可是這跟其他家的價錢差很多耶！」也未免太低價了？

「那當然！我們這是週年慶，推出的優惠當然跟其他家不一樣。來，請往這邊走，我來跟妳解釋。」女子話都還沒有說完，就抓著小君，往她所站的店裡走，阿光也跟了進去。

店裡相當豪華，寬大的空間營造出莊嚴且夢幻的氣息，有如宮殿，讓人對婚禮充滿了期待，走來走去的服務人員一見著他們，便熱情的迎了上來。

「歡迎光臨。」

「請到這裡坐。」

兩人還搞不清楚狀況，已經被店員帶到裡面的座位了，隨即有其他的人員過來，為他們遞上茶水，還有小點心，不論是餅乾、水果或是小蛋糕都有。

而剛才發宣傳單的女人則坐到他們旁邊，熱絡的寒暄：「兩位什麼時候要結婚呢？」

「呃……還沒確定，我們只是想說先過來看看。」小君被他們的熱情嚇到，也太周到了吧？

「好的，沒關係，我姓鄒，這是我的名片。你們叫我岳珊就可以了。」她遞上自己的名片。小君接了過來，上面印著鄒岳珊三個字。

「我們有最新一季的婚紗款式，連禮服都重新設計過，跟上法國時尚，是全世界的流行。」話才說著，鄒岳珊就從旁邊拿出本子，上面有著不少模特兒穿著各式各樣的婚紗，有高領的、有低胸的，有背後鏤空的，也有短裙，露出修長的雙腿，活潑俏皮，跟傳統的婚紗印象不同。五花八門，讓人眼花撩亂。

「這個，真的不用到兩萬元嗎？」小君在意的還是這個價錢，她可是為了優惠而來的。

「對啊！」

「該不會還要加其他東西吧？」小君從同事口中，知道有些業者為了搶客戶，先以低價吸引客人，後面再追加。

「這個妳放心，我們白紙黑字上寫得清清楚楚，不用擔心吃虧。」

「價格壓這麼低，不怕同業抗議嗎？」阿光較為謹慎，怕其中藏有什麼玄機。

「我剛說過了，因為週年慶的關係，所以老闆不惜犧牲成本，就是為了回饋客戶。三天，只有三天喔！今天只要繳三千元的訂金，就可以享受這麼多的優惠，過了這三天就沒了。今天剛好是第三天，你們前面已經有很多人都訂了，有人甚至明年才要結婚，今年就先拍了，就是為了搶優惠。兩位要結婚吧？如果不拍的話，太可惜了。」鄒岳珊拿出客戶所留的資料，證明她所言不虛。

條件似乎很誘人，不答應似乎太對不起自己了。

在鄒岳珊三寸不爛之舌之下，小君和阿光也沒有機會到其他家多做比較，兩人在看過合約內容，覺得沒有什麼大問題，就預付了訂金。

收下訂金之後，鄒岳珊站了起來。

「你們有時間嗎？有時間的話就可以現在挑禮服囉！」

小君和阿光互望了一眼，等會也沒什麼事，點了點頭。

「好，那就現在先挑。」

「來、來，往這邊走。」鄒岳珊帶著阿光和小君，來到了位於二樓的置衣間，七、八十坪空間，除了白紗之外，滿滿的都是禮服。不論是顏色、款式、造型，簡約大方、華麗典雅，各種造型，任君挑選。

第一章　促銷

小君站在眾多服裝當中，看得眼花撩亂，每件都令人目不暇給，恨不得每件都能穿在身上，展現不同風貌。

「我們先挑白紗吧！兩套白紗、四套禮服，有沒有喜歡的款式？」鄒岳珊將整車的白紗推了出來，讓新人選擇。

「好漂亮喔！」小君一手拉起一件白紗來看。

「帥哥，你也過來一起看啊！」鄒岳珊對著阿光打招呼。

「沒關係，你們看就好。」

鄒岳珊噗哧一笑。「是你要跟小君結婚，不是我要跟小君結婚耶！」

小君瞪了他一眼，阿光不好意思的搔了搔頭，走了過來。

「這件好可愛。」小君從架子上取下一件露肩的白紗，胸口有朵白色的玫瑰，如同無瑕的愛情，她放在身體前，想像穿好的模樣，阿光說話了：「這件太露了吧？」

「會嗎？還好吧？」小君拿的是件齊胸的禮服，兩側無袖，如果穿上的話，脖子、雙肩都會露在外面。

「這樣穿會冷。」阿光相當實際，小君不滿地嘟起嘴：

「新娘子都這樣穿啊！你看這件還露背咧！」她把另外一件後面鏤空的白紗拿了起來，整個背都被看光了，阿光看了，眉頭越皺越深。

「這件還滿可愛的，要不要先去換看看？」鄒岳珊建議著。

「好啊！」

「來，這邊可以換衣服。」小君則拿著白紗，走進更衣間，鄒岳珊也走了進來，幫她換上剛才挑選的白紗。同為女人，小君也不在意在鄒岳珊面前寬衣解帶，等鄒岳珊幫她拉好後面的拉鍊時，她的背部突然傳來一陣劇痛。

「好痛……」她按著背部左邊的地方。

「怎麼了？」

「好像有東西。」

鄒岳珊聞言，重新將拉鍊解開，發現白紗裡頭，竟然藏著一根別針，上面還有紅色的液體，小君往疼痛的位置上一摸，指頭上有幾滴血絲。

「哇！怎麼會這樣？我要跟我們管服裝的小姐抗議一下。」鄒岳珊見她受傷，忙不迭道歉：「小君，對不起喔！我幫妳上藥。」

「沒關係，才一點血而已，你看，根本沒流了。」由於別針針頭小，傷口也不深，血液很快就看不到了。

「我再檢查一下。」鄒岳珊將整件白紗都查過之後，確定沒有其他問題，重新幫小君穿上。

小君身上的傷口消失得很快，但白紗已經被染紅了。

除了白紗，他們還挑了四套不同顏色的禮服，並且另外約了時間，到時再過來拍照就可以了，總算了了一件心事。

「時間就這麼確定了，下個禮拜六過來拍內景，兩個禮拜後再拍外景，我們會再打電話跟你們確定。」鄒岳珊拿著行事曆說道。

「好。」

「那這樣就可以了，我送你們下去。」

小君跟阿光從二樓下去，一樓的小姐都向他們微笑，禮遇的感受彷彿他們是什麼王公貴族，令人受寵若驚，而鄒岳珊送他們直到大門口。當他們腳才跨出去，鄒岳珊就朝另一對走進來的男女招呼：

「春生、佳芳，你們來挑服裝啦？時間剛好，前面那對新人才剛走呢！來，我帶你們上去。小君，阿光，我就不送你們囉！」鄒岳珊八面玲瓏，每個客人都招呼到。

「嗯。」

小君看著鄒岳珊正帶著另外一對新人進去，突然想到什麼，叫了起來！

「啊！」

「怎麼了？」

「沒有，我只是想到佩青講的，她說要多看多比較，不要馬上就進去，要不然沒有選擇第二間的機會，看起來好像是這樣。」小君忍不住笑了起來，沒想到她還是犯了錯誤。

既然都踏進婚紗店，業者怎麼可能放過顧客呢？

「訂金都繳了，就不要想太多了，而且它的價錢比我們所查的真的還便宜許多。」在過來之前，他們可是做足了功課。這個價錢的確比他們的預算便宜許多，就不知道最後拍出來的效果怎麼樣了？

「嗯，時間還很早，我們去別的地方逛逛吧！」

「好。」

小君突然頭暈眼花，奇怪了，是從冷氣房出來，一下接觸到外頭高溫，兩邊溫度不平衡，才讓她頭暈嗎？小君抓著阿光，頭枕在他肩上。

「借我靠一下。」

「怎麼了？」阿光連忙扶住她。

「我有點不舒服。」

「是不是感冒了？一定是剛才那件衣服，又露肩膀又露脖子的，妳冷到了。

就說不要選那件，妳偏偏要。」阿光開始碎碎念，小君被他念的很不爽，反擊回去：

「拜託！跟衣服沒關係好不好？」

「可是妳平常沒那麼容易生病……」

「不要再說了，你只是不想我穿那件衣服對吧？」小君怎麼不曉得他的意思？「一生才一次好不好？不趁這時候美麗一次，要到什麼時候？等我人老珠黃嗎？」

「可是妳不舒服。」他還是會心疼的。

「哎喲！回去吃個感冒藥，睡一覺，明天就好了啦！可以走了。」小君知道他只是關心，對他的囉嗦就不那麼計較了。

阿光知道多說無益，只好多注意了。

「要不要去吃東西？」

小君其實沒什麼胃口，不過她知道不補充點營養的話，感冒可能會加重，她可不想影響到明天精神，遂點了點頭。

「好，我想去吃粥。」

「上次經過這附近時，我看到後面巷子有在賣粥，我們過去那邊吃吧！」阿光怕她吃不下，遂如此建議。

「嗯。」

阿光牽著她，兩人走到後面的巷子，相當熱鬧。這裡晚上是夜市，但白天的時候，店家也在經營生意，即使才過三點，整條街上依舊人來人往。阿光所說的那間店面，外觀看起來也乾淨整齊，不會給人雜亂的感覺，兩人走了進去。

「妳要吃什麼?」

「隨便。」她又感到暈眩。

以前她感冒的時候，也都沒有這種症狀，頂多留鼻水或咳嗽而已，頭暈倒這很少見。身體開始無力，她找了個座位坐了下來。

「老闆，兩碗鮮魚粥，其中一碗薑絲多一點。」阿光在前頭吩咐著。

「好。」

交代之後，阿光走了回來，看小君疲累的樣子，問道：「等一下要不要去看醫生？」

「不用了，等一下吃完之後，我想早點回家休息。」

「嗯。」

鮮魚粥很快上來了，阿光將那碗薑絲比較多的粥推給了小君，兩人低頭吃粥，湯鮮味美，可惜小君現在的味蕾像失去了作用，不知道自己在吃什麼？只是有一口、沒一口的吃著。

「兩位結婚了嗎？」剛忙完的老闆在他們旁邊的位置坐了下來，這個時候人不多，他才有空得以偷閒。

「還沒，我們今天是來選婚紗的。」阿光與對方聊起天來。

「哇！恭喜了！你們在哪間拍呀？」也只有這時候的男女，才有那種四周都散發出甜蜜的幸福泡泡，要是像他這種結婚好幾年的，可沒有這種味道。

「前面那間什麼風采的。」阿光記不起來它的全名，這裡的婚紗店有些名字十分類似。

「是門口有個人頭雕像的那家嗎？」

「對。」

只見老闆眉頭一蹙，用毛巾擦了擦額頭的汗。「那麼多家婚紗公司，你們怎麼就挑到那一間呢？」老闆似乎知道他們挑的是哪間？

「那間怎麼了嗎？」阿光見他的反應怪怪的。

老闆開了口，欲言又止。「沒事、沒事。」

老闆的反應讓阿光心裡起了疙瘩，看這間店待在這裡應該滿久了，老闆是當地人，搞不好知道什麼內幕？他正想追問時，小君說話了：「阿光，我吃完了，我們回家吧！」

見小君的眼皮都垂了下來，相當疲累的樣子，阿光擔心她的身體，只好先帶她回家。

※　※　※

小君住在公司分配的宿舍，免租金又供膳食，為了省錢，她不像有的同事跟男朋友在一起住愛的小窩，而是周末或晚上用過膳後，才跟阿光一起出去約會，為了結婚，他們在一年前就開始有所計劃。

阿光送她到大樓門口，說道：「妳可以自己上去吧？要不要叫妳同事下來帶妳？」

「不用啦！我沒有那麼虛弱。你自己也回去吧！」

「有事打電話給我。」

「好。」

小君走進電梯裡面，在電梯門尚未完全合上時，朝他揮手道別，阿光這時候才離去。

回到自己所屬樓層，小君打開房門，進去之後，就直接趴在床上。

奇怪了！今天怎麼這麼累呀？以往她雖然偶有生病，也沒像這次不舒服，整個人頭重腳輕，昏昏沉沉，眼皮很快就闔上了。

她的意識模糊，想睡又睡不著，整個人感覺很空，像是要飄了起來，找不到支撐感，那種空掉的感覺，竟然讓她想吐？剛才吃過的東西，像要從她的胃裡跑出來！為了避免弄髒床單，小君強迫自己清醒，到廁所去嘔吐。

由於是公司宿舍，淋浴間跟廁所都在外頭，她必須到房間外去。

才剛睜開眼睛，她就見到旁邊有個人影，是同事嗎？什麼時候走進來的？

她眨了眨眼睛，看到一名穿著白色衣服，上面沾滿紅色液體的女人，站在她的房間。

那套白色衣服，看起來像是……婚紗？她的頭上還蓋著白紗，白色的禮服都是髒污，斑斑點點，已經分不清是紅色還是黑色？她的臉色蒼白，像是塗了太厚的粉底，而黑色眼珠像鑲嵌上去似的，彷彿隨時會掉下來，而她的雙手，竟然是嶙峋的白骨？

看到這種狀況，原本想要嘔吐的小君，喉頭全部哽住了。這……這是怎麼回事？

恐懼如電擊般，震得她又僵又麻，動彈不得，而此時，那名新娘伸出了雙手，向她伸了過來。隨著她的移動，她身上的黑色的肉，一塊塊的潰爛，掉了下來。

嘔吐感再度湧現，但衝破喉嚨的卻是——

「啊！」小君忍不住叫了起來！顧不得身體不適，小君連滾帶爬，跑到門口，越急越打不開門，而寒風從她身後不斷吹來，她的房間明明關上窗戶了，為什麼還有風？

小君背脊發冷，也不敢往後看，她的腎上腺素增加，她用力一撞！門被打開了！

「哎喲！」

「怎麼了？」

「發生什麼事了？」

兩側的室友跑了出來，見到小君這副狀況，所有人都被嚇到了，而跟小君較好的秀娟跑了過來，將她扶起來。

「小君，妳怎麼了？」

「有……有……」她指著房裡，什麼也說不出來。

「有什麼？」另外一名同事玉琴將她的門推開，裡頭空盪盪的，除了原有的擺設之外，什麼也沒有。

咦？人呢？小君張大了眼睛，表情驚恐駭然。

「什麼也沒有啊！」玉琴回過頭來，望著還坐在地上的小君，疑惑的問道：「妳在做什麼？」

「明明有……」那個字她怎麼也說不出來。

「有什麼？」玉琴大聲嚷著。

小君不敢開口，怕被以為是神經病，而且大白天的，還沒晚上呢！怎麼可能撞邪？話才到了口，又吞了下去。

而秀娟較為溫婉，她道：「好了，她看起來不太舒服，有什麼話明天再說。」

「沒事不要吵別人，大家還要休息耶！」玉琴說著，回到自己的房間，將門關了起來。

秀娟扶起小君，問道：「妳沒事吧？」

「嗯。」

「我扶妳進去休息。」

還要進去？小君望著裡頭，剛剛那個景象太過震撼，她心魂未定，還能進去嗎？不過這裡每個人都有自己的獨立空間，她也不好意思跑到別人房間去，只好硬著頭皮，再回到那地方。

「不用了，我自己進去就可以了。」

「妳的臉色很不好，要不要去看醫生？」

「不用了，一點小感冒而已，睡個覺就好了。」

「有問題再叫我。」秀娟親切的道。

「好。」

秀娟回去自己的房間，小君則站在門口，謹慎的往裡面瞧，房間沒什麼變化，是她眼花了嗎？竟然看到一個穿著白紗的鬼新娘？她是不是累過頭？可是那副恐怖的景象那麼明鮮，清晰到她都可以摸到白紗，真的是夢嗎？

看來籌備婚禮的壓力，比她想的還大。

第二章　意外

用餐時間一到，員工餐廳總是擠滿人潮，所以提早到的人，會為交情比較好的同事占據位置，小君動作快，就幫比較有交情的秀娟、錦文搶到位置了。此刻她們在位置上，邊吃著提供的午餐邊聊天。

「妳要結婚啦？」錦文叫了起來！小君連忙捂住她的嘴，她可不想鬧的人盡皆知，太招搖了。

「還沒有啦！只是先去拍婚紗而已。」她很喜歡錦文這個新進的女孩子，她人善良，也很直率，不像其他有些同事，會勾心鬥角，只是有時候心直口快，會有一些白目的事情，讓人受不了。

「那就差不多啦！什麼時候結婚？」錦文比小君還要興奮，小君要嫁人是喜事，她也為她開心。

「還沒訂呢！大概就這幾個月吧？」

「既然日期還沒訂，怎麼這麼快就拍婚紗？」秀娟在旁邊聽她們講話，一直到現在才有機會插入。

「因為便宜啊！」小君說明答案，確定沒有人注意到她們的談話，大家都在各聊各的，她才安心下來。

「真的嗎？多少？」錦文興奮不已。

小君從口袋拿出傳單，遞給秀娟，錦文見了，先奪過去，她驚訝起來！「這麼便宜？我也要去拍！」

「優惠日期已經過了，我這張是留起來當紀念的。」

「有這種好康的妳都不講！」錦文抱怨著。

「我不知道妳要啊！反正我還要去拍照，到時候再幫妳問問看，有沒有其他的優惠？」

「好，妳一定要幫我問喲！咦？那妳要結婚了，那先前追你的那個陳先生怎麼辦？」錦文哪壺不開提哪壺，被秀娟瞪了一眼。

「那都多久前的事了，妳提出來做什麼？」秀娟不滿的道。

「他呀？」小君想起一年多以前，有個業務來到公司，對她猛獻殷勤，跟他講說她有了男朋友，他還不死心，後來那男的正牌女友找她攤牌，說他們已經要結婚了，是過來嗆聲的。小君表示對他根本沒意思，自己也有男友，那女友才離開。「搞不好他早就跟她女朋友結婚囉！況且，我從來沒有對他有意思。」

「真可惜，他那麼帥。」錦文嘆道。

「帥有什麼用？那種人一看就很花心，有了女朋友還到處亂來，還是我的阿光比較好。」小君還是向著自己男友的，陳建軍的追求，對她來說不過是一段插曲。

「那喜餅呢？妳看了沒有？」秀娟問道。既然要結婚，總少不了喜餅。

「還沒呢！」

「上次佩青結婚的時候，她送的那間喜餅還滿好吃的，她有給我名片，說只要報出她的名字，還有折扣喔！下班的時候，妳要不要去看？」秀娟熱心的提供資訊，佩青是他們的同事，半年前訂婚，上個月結婚了。她跟小君去看的話，也可以為自己將來的婚禮做預備。

「好啊！」

「我也要去！」錦文怕跟不到，連忙表態。

「知道啦！」

下班的時候，小君和秀娟、錦文約好碰面，三個人來到了佩青介紹的店面，那是間著名的連鎖糕餅店，在業界相當有名氣。秀娟早已打好電話，所以等到她們抵達的時候，店長就走了出來。

「歡迎光臨，妳們是佩青的同事是吧？」穿著套裝的制服，頭上挽著髮髻，掛著職業性微笑的店長上前招呼。

「對。」

「佩青是我表妹，她的喜餅在我們這裡訂的，如果妳們要的話，我可以再幫妳們打個折扣。這是我們的喜餅款式，現場也可以試吃喔！」

「哇！太好了！」錦文叫了起來，她拿起店長給她的喜餅，遞給小君。

小君拆開包裝，將餅乾放到嘴裡，咬了幾下，甜蜜的滋味化在嘴裡，就像新婚夫妻一樣。

「這個好好吃喔！」她望著盤內剛剛試吃的餅乾。

「還有這種抹茶口味的也不錯。」店長熱心推薦，小君也就不客氣，將每種餅乾都嘗試一下。

「這個也不錯，這個也很好吃，還有巧克力耶！」小君眼睛亮了起來！

「怎麼辦？要選那一個？」錦文相當煩惱，像是在挑選自己的喜餅。

「妳剛剛吃到的是這種組合。」店長將喜餅的目錄拿了過來，上頭有圓型及四方造型的鐵盒，裡頭都擺滿了各式各樣的精美點心，店長指著其中的一款介紹：

「妳們喜歡的口味，在這裡頭都有。」

「你們可以打幾折？」看到旁邊顯示的價錢，小君有點怯步，哇哇！一盒怎麼這麼貴呀？一盒少說也要五、六百起跳！

「要看你們訂購的量，你們預計幾盒呢？」

「唔……大概一百盒左右吧！」小君心中盤算著，父母那邊知道他們有結婚的打算，早就跟她講過，如果要訂喜餅的話，需要多少盒？加上自己的朋友、同事，少說也要一百盒。

「這樣啊！我幫妳算一下。」試吃的喜餅旁邊就有計算機，只見店長的纖纖玉手，在計算機上飛快的計算，之後說道：「如果一百盒的話，我可以幫妳打個八八折。」

「但是去年妳說過，如果一百盒的話，可以打八三折。」小君提醒她道。

「但是經濟不景氣，許多原物料都上漲，我們公司堅持食材都從法國進口，不論是奶油或是砂糖，都希望給客戶最好的，所以今年只能給客戶這個折扣。」店長解釋著。

而正準備拆開另外一包試吃的錦文，驚訝的把頭轉了過來。「小君，妳來過？」

「沒有呀！」

「那妳剛剛怎麼說，去年一百盒可以打到八三折？」秀娟盯著她道，小君猛然想起！她驚訝的用手捂著嘴巴：

「我剛剛真的這樣說嗎？」

「對呀！」

小可不可思議的望著她，連店長都以不可思議的表情望著她。「妳到過我們其他家的分店嗎？」

「沒有。」小君搖搖頭，這是她第一次踏入喜餅店呢！

「那妳怎麼會……」錦文望著她，小君也感到不可思議，奇異的氣氛開始蔓延，店長見狀況不對，趕緊化解：

「您得到的可能是去年的資訊，今年已經有所改變了。」

小君也不知道為什麼這個資訊閃過她的腦海，而秀娟則以疑惑的眼神看著她，她不想再針對這個問題討論下去，連忙轉移注意力，她指著另外一種造型比較小、價格也比較低廉的禮盒問道：「那這款有沒有打折？」

※　※　※

回到了宿舍，自己住的房間後，小君把房門關了起來，她吁出一口氣，剛剛在喜餅店，她的表現真的很怪異。

她怎麼會說出那種奇怪的話啊？彷彿她早已到過那裡，但是她從來沒有去過喜餅店，更不曉得行情啊！

算了，時間不早了，她該去洗澡了。

小君拿出換洗的衣物，準備到角落附設的浴室去洗。女性員工宿舍每層樓都有淋浴空間，每間有十間隔間，就像游泳池附設的沖水間一樣。畢竟這只是公司宿舍，不是一般家庭，自然簡略許多。

將衣物放在比蓮蓬頭更高的置物架上，小君褪去衣服，開始清洗頭髮和身體。

目前都很順利，已經找到婚紗店，喜餅也有個底了，接下來就是找餐廳。雖然日子還沒定，不過照這樣安排，應該在年底前可以完成。

小君愉快的洗著頭髮，她邊揉泡沫，邊哼著歌，外頭傳來喀啦喀啦的聲音，像是有人踩著高跟鞋，破壞了她的興致。

有人嗎？小君停下搓揉的動作，剛才她進來的時候，並沒看到其他隔間有人使用，那是有人穿著高跟鞋進來洗澡了？真是的，都要洗澡了，怎麼還不把高跟鞋脫掉呢？

小君沒有理會，繼續將泡沫塗在身上，突然她覺得背後一涼，外面的冷氣湧了進來，她驚愕的轉頭！

原本關起來的門，怎麼打開了？

小君趕緊把門拉起來，重新鎖上。雖然說大家都是女生，但仍保有隱私，是誰這麼惡劣，把她的門打開？

不對，她洗澡的時候，都有習慣性將門鎖上，門怎麼又會被打開？

小君重新檢查一遍，確定鎖已經鎖上，再開始洗澡，她的泡沫已經塗的差不多了，開始沖水。

「啊！」她叫了起來！

在水流過身體的同時，她的背部一陣刺痛，那種疼痛的感覺，就像有人拿了把刀子在她背後畫了一刀。

好痛！小君不斷的冒冷汗，她所冒出的汗水，都被清水帶走了。

她的背，怎麼會這麼痛？誰？誰用利刃刺她？但這個淋浴間只有她而已，而且門也鎖上，根本沒有人會闖進來啊！

痛死了，小君扶著牆壁，無法動彈，那疼痛像刺進了她的肺部，讓她無法呼吸，等那突如其來的疼痛過去了之後，她才有力量慢慢站了起來。

小君勉強擦乾身體，換上衣服，走了出來，忍痛先到秀娟的房門敲了敲，秀娟走了出來。

「什麼事?」

「秀娟,妳幫我看一下,我後面有沒有受傷?」小君走了進去,指著背後,之所以不確定的原因是,她除了感到疼痛,並沒有血流下來的痕跡。

「沒有啊!」秀娟將她的襯衫撩了起來。

「可是我背後好痛。」雖然最先的疼痛已經過去,不過還是有刺刺的感覺。

「我再看看,妳這裡有傷口耶!不過很小。」秀娟輕撫過她的左肩,靠近肩胛骨的地方,有個紅色小點。

「哪裡?」小君看不到。

「在這裡。」秀娟輕壓了下。

「可是不會痛耶!」

「血液已經凝固了,是這裡會痛嗎?我幫妳用OK繃貼起來好了。」秀娟去找OK繃,小君則疑惑著,她哪裡來的傷口?

啊!她想起來了!上次到婚紗店時,試婚紗的時候,不小心被別針刺到,可是都過這麼久了，怎麼還會這麼痛？難道變成蜂窩性組織炎了？不過如果變成蜂窩性組織炎，也應該有徵兆。

「找到了。」秀娟從自己的抽屜找個 OK 繃，貼了上去。

「謝謝。」

「有事再找我吧！早點休息喔！」她們去看過喜餅，再回到宿舍，時間已經晚了。

「嗯。」

小君回到自己的房間，感覺已經好多了，她將溼漉漉的頭髮吹乾，也有點累了，還是早點睡覺好了。她連自己想看的韓劇都放棄了，提早上床睡覺了。

她的身體很疲倦，很快就睡著了。

她知道自己在睡覺，也知道自己在作夢，但是……為什麼這麼心慌？她夢到在自己的房間，也看到一個女人，身著白紗，站在窗戶旁邊，她的臉孔由白紗的蓋頭遮住，看不清楚，身上血跡斑斑，而她的手上……拿著一把刀子？

她知道這一切都是假的，也知道這不過是夢而已，但為什麼心頭的不安逐漸擴大？

新娘拿起了刀子，朝她走了過來……

不！不要啊！小君連忙跳了起來往外逃！

是夢，對，這一切都是夢，但為什麼如此真實？令人心慌？她為什麼會害怕？為什麼會恐懼？

房間外面的走道，突然變得好長，她拚命跑、拚命跑，卻怎麼也跑不到逃生口那邊，逃生口離她好遠！

她回頭一看，拿著刀子的新娘，還在她的後面！

不、別過來！別過來啊！

她繼續往前跑，仍跑不到逃生口，明明就在這附近的，為什麼找不到？莫非在另外一頭？

當她趕緊調頭，想從另外一個方向離開時，卻看到——那名新娘正站在她的後頭，刀子高高舉起，朝她刺了下來！

「啊！」

小君猛然醒來！發現天色大亮！

她喘著氣，發現背後都溼了。

※　　※　　※

「怎麼了？」坐在小君對面吃飯的阿光，發現她的不對勁。

「沒事。」

「妳的臉色不太對，感冒還沒好嗎？」阿光擔心的問道。已經好幾天沒見面了，難得他們出來約會，小君卻不對勁。

如果是感冒還好一點，可是那個夢魘，新娘拿刀往她身上刺的情景卻揮之不去。小君用湯匙將飯菜攪和在一起，都快變成燴飯了。

「沒，昨天沒睡好。」

「為什麼？」

小君遲疑了一會，終於說道：「昨天晚上……我夢到有人拿著刀子，要追殺我，而且那個人還是一個新娘。你說，這代表什麼意思？」

阿光表情古怪的看著她，說道：「妳怎麼會做這個夢？」

「我也不知道啊！我根本不想做這個夢好不好？很恐怖耶！」可是那個不安卻相當明顯。

「是我給妳太大的壓力嗎？」阿光凝重的問道。

「啊？」

「或許……我們不該那麼早結婚，免得妳壓力太大。」阿光認為夢到血新娘跟他們最近準備婚事有關。

「哎呀！你在說什麼？這又跟你沒關係，你又沒有逼我，是我想早點結婚，在三十歲之前，把孩子生完，才會說要結婚的。」關於結婚，她有自己的想法，並沒有被人牽著鼻子走。「至於為什麼會做那個夢？可能是最近太累了吧？」這是她僅能想到的解釋。

「真的嗎？」

「對啦！」

「那我們還是可以準備婚禮囉？」阿光鬆了一口氣，他還以為她不要嫁了。

「對。」

「那這禮拜拍完婚紗，晚上我就回我家，跟我爸媽提一下，到時候到妳家去提親，看什麼時候結婚。」結婚這檔事，幾乎都是他們兩人在做決定，也還好兩邊的老人家都還開明，只要年輕人高興就好，也樂得逍遙，到時他們只要出席就可以了。

「嗯。」

兩人低頭下來，繼續吃飯，這時候在小吃店裡的電視，正在播報新聞，而當他們聽到：

「位於臺北著名的婚紗街上，發生了駭人的事件，一名準新娘在看禮服的時候，突然割腕自殺。」隨即畫面轉到現場，一名女子正躺在擔架，由醫護人員送了出來，而那婚紗店很明顯的是他們所去的那間店面。

小君看到時，驚訝得說不出話來，而阿光則蹙著眉頭。「那不是我們去的那間婚紗店嗎？」

電視裡，鄒岳珊和其他員工正在處理現場，擋住攝影鏡頭的拍攝，也因此將她們的臉照得更清楚。

「那我們的婚紗怎麼辦？」

「我們過去看看。」公司發生這大的事，勢必會受到影響，事關他們的權益，阿光務實的道。

「好。」

兩人迅速解決晚餐，然後騎上阿光的機車，朝婚紗店而去，當他們抵達的時候，已經擠不進去了，店門口站著許多對新人，前都來詢問狀況，鄒岳珊疲於奔命。

「這件事是意外，新娘子精神有點狀況，才會在裡頭自殺。」鄒岳珊對著群眾解釋。

「那我們怎麼辦？」

「我可不要在有人自殺的地方拍照。」此言一出，其他人紛紛附議。他們要的是喜事，不是喪事。

「退錢！退錢！」

「各位、各位！」鄒岳珊喊了起來：「我們會更換場地，絕對不會影響各位的權益，等場地確定之後，再跟各位聯繫。」她不斷的安撫現場，一一解決眾人心中的疑慮，見她應付的焦頭爛額，再過去也是於事無補，兩人沒有上前攪和。

約莫兩個鐘頭過去了，人群散開了，媒體也走了，疲倦至極的鄒岳珊，在騎樓下蹲了下來。

「岳珊姊，有三對堅持要取消訂單。」裡頭的員工走了出來。

「妳有跟他們說，我們會再跟他們連絡嗎？」

「有！可是他們還是要取消，並要我們退還訂金。」

「這樣啊！我再跟他們談談看。」鄒岳珊站了起來，現在似乎不是談話的好時機，但錯過了這時候，恐怕也要求不到自己的權益。

小君和阿光互望了一眼，兩人走了上去。

鄒岳珊見到了她們，勉強打起精神，掛上疲憊的笑容。「你們也是看到新聞來的嗎？你們放心，我們會做到各位滿意……」

「妳還好吧？」小君問道。

「啊？」鄒岳珊愣了一下。

「妳看起來很累。」

鄒岳珊臉上的表情一變，聽小君這麼問，所有的疲倦如排山倒海襲來。也許是記者都離開了，也許是有小君和其他人不一樣，不但不予以抨擊，還給她關懷，她雙手捂住臉，哭了起來。

「岳珊，別這樣，妳別哭呀！我們並不是來跟妳要求什麼，妳還好吧？」小君連忙掏出面紙給她，鄒岳珊接過之後，轉過身去，花了約半分鐘時間平復，才轉身面對他們。

「我不知道……為什麼會出這種事？最近老是這樣，都是一些不順的事，接踵而來，我不知道……該怎麼辦？」明明知道不該對客人講這種話，但小君不似其他客人，關心她的處境，那情緒便湧了出來。

「沒關係，事情總會過去的。」小君能說什麼？只能安慰著。

「你們……要繼續在這裡拍照嗎？」鄒岳珊絕望的問道，剛剛已經有三對新人覺得觸霉頭，拒絕在這裡拍照，當場要求退費。

小君和阿光互望了一眼，兩人相當為難，人家這麼可憐，如果說不就太絕情了。

「我們……會啊！」小君說得都有點心虛。她只是心軟罷了！

鄒岳珊眼睛突然發亮，神情也振作起來！她衝上前，握住他們的手。「謝謝、謝謝你們的支持，謝謝，我們一定把你們的婚紗照，拍到你們滿意，謝謝！」她不斷的跟他們稱謝，這時候就算他們想再說不也難了。

小君和阿光互望了一眼，了解彼此的心緒，不過就是拍照，在哪裡都一樣。況且那個割腕自殺的準新娘，並不關婚紗店的事。

「那，妳振作點喔！」

「謝謝。」

離開婚紗店之後，小君覺得自己彷彿做了個很糟的決定，她是在幫助人嗎？還是在害自己？婚紗店都出事了，她還答應在那邊拍照。只是她見到鄒岳珊那麼憔悴的模樣，拒絕也說不出口了。

「怎麼了？」阿光問道。

「沒啦！我只是在想，剛剛答應岳珊，說繼續在她那邊拍照，不知道好不好？我忘了問你的意思了。」

「沒關係啦！我想他們應該會有別的安排，既然都到這裡來了，我們就去買戒指吧！反正到時候也要用。」幾乎婚紗店和喜餅、銀樓都在同一條街，這幾種行業，都圍繞著結婚這檔事而誕生。

第二章　意外

「現在嗎？」

「對。」

聽到婚紗店出事，心情有點低落，而阿光這麼安排，又讓小君心情開朗起來，她點點頭。

「好。」

他們不用走太久，街上就好幾間銀樓，兩人挑了間比較有規模的連鎖銀樓，走了進去，裡頭的店員還穿著制服出來招呼。

「歡迎光臨。要挑什麼呢？」

「呃……」兩人不知道要怎麼說明時，店員又道了：

「兩位要結婚嗎？」

「對。我們想要結婚戒指。」小君點了點頭。

「那請看這邊。」店員指著櫃子裡的戒指。

除了婚紗之外，戒指在結婚當中，也是很重要的一環，是個意義、是個象徵，為了一個抽象的愛情代表，一個人一生一次，都會買一次戒指。

「哇！這個好漂亮，那個也很漂亮。」小君彎著腰看著眼前的金子，不論是戒指或是項鍊，都製作的相當精美，當然呢！它的重量、精巧程度，跟它的價錢也有關係。

旁邊有個標示，寫著今日金價，一錢直逼四千大關。

「哇！這麼貴啊！」

「喜歡哪一個？」阿光站在她身後問道。

「都好貴喔！」小君小小聲的道。「我不曉得現在的金子價錢這麼貴，早知道在剛工作的時候，就應該先買起來放著。」幾年前的金價不像現在這麼恐怖，同樣的價錢可以買個兩、三只戒指了。

「反正才買一次，沒關係，妳就挑喜歡的就好了。」

「我再看一下。」小君左看右看，在店裡花了幾乎半小時，也虧得店員很有耐心，始終微笑以對。

終於，小君決定了。

「麻煩拿那個給我看。」她指著最角落，手工看起來最簡單的戒指，沒有多餘的花紋，也沒有獨特的設計，僅僅在上頭置了一顆小巧的鑽石。

「好的。」

店員將戒指拿了出來，小君試戴在自己的手上，對阿光問道：「好看嗎？」

「這個太簡單了。」阿光知道她在省錢。

「可是我覺得很漂亮啊！反正只有吃喜酒的時候，我才會戴上，其他時候可能會被我收起來吧？」小君盤算著。她在自己的預算之內，盡量將他們的婚禮辦的有質感。

這時手機鈴聲傳來，小君從皮包裡，拿出手機出來。

「喂？」

「小君嗎？我是岳珊，跟您確認一下，下個禮拜六早上九點，您可以過來拍婚照嗎？」鄒岳珊的聲音似乎振作許多。

「妳等一下喔！」小君遮住電話，跟阿光詢問：

「婚紗店打電話過來，說下禮拜六早上九點拍婚紗，這個時間可以嗎？」阿光點了點頭，她便將手移開。「好，就下禮拜六早上。對，好，掰掰。」掛斷電話之後，她舉起手指，對店員道：「就買這個了。」

第三章　鏡頭

婚紗店發生的事情，雖然讓小君心頭蒙上陰影，但隨著時間而逝，很快就消散了，喜悅沖淡不安，在拍照當天，她跟阿光來到了婚紗店。

「你們來了啊！」鄒岳珊看到他們，笑容相當燦爛，她迎了上來。「來，請往這邊走。」她往樓上的方向走去。

小君和阿光互望了一眼，小君疑惑的問道：

「要在樓上拍嗎？」

「對啊！今天是拍內景，外景下次拍。」鄒岳珊邊說邊上樓。

「在這裡拍？」阿光蹙著眉頭開口了。上次這裡才發生過有人割腕自殺耶！他們以為好歹會換個地方，沒想到竟然還是在同個地方？

看出他們的疑慮，鄒岳珊解釋著：

「上次出事的地方在二樓，我們的攝影棚在三樓，來，快點上來吧！」語畢，她頭也不回的往上走。

小君愣了一下，她覺得有種受騙的感覺。

當初看鄒岳珊哭得可憐，她才硬著頭皮，答應繼續在這家拍攝，沒想到她還是讓他們在這裡拍攝，小君難免不快。原本她還跟阿光討論，婚紗店會不會換個地方呢？沒想到竟然在同一個地點？

但人都已經來了，轉身走掉，訂金就會損失，無可奈何，他們只好一起跟她到三樓的攝影棚。

「容姊、白白，人來囉！交給你們了。」

「來了。」一個看起來年紀很輕的女孩子跑了過來，皮膚白皙，笑臉盈盈，很是討喜。「新娘子好漂亮啊！我是白白，你們好。來，請往這邊走，你們的衣服都準備好了。」

第三章　鏡頭

「白白？」小君重覆她的名字。「為什麼叫白白？好像狗的名字喔！」

白白笑了起來。「很多人都這麼說，因為我姓白，所以大家就叫我白白了，你們也可以叫我白白沒關係。」

白白的爽朗，讓小君感到好一點。鄒岳珊下樓去，她跟著白白走到裡頭，化妝師已經在裡頭等待，簡單自我介紹後，小君坐到鏡子前面，讓容姊在她臉上塗抹粉底與戴假睫毛，並在她兩頰畫上腮紅。

「妝會不會太濃了？」這對平常只抹個口紅就出門的小君，很不習慣。

「等一下燈光一打下去，拍出來就不會了。」容姊解釋著。

「喔！」

臉部裝扮好了後，並戴上假髮和頭飾，白白走了過來。

「來，往這裡走，我幫妳換衣服。」白白帶著小君到了更衣間，為她換上她所選擇的白紗，然後走了出來，而阿光也在另外一個更衣間，換好西裝了。

攝影師是名三十多歲的男子，叫做許文耀，他胸口掛了個名牌，他髮長及肩，臉上有鬍渣，身上散發出藝術家的氣息，而白白則在旁邊張羅細節，架設攝影器材。

小君看著身上的婚紗，心滿意足，期盼了許久，她終於完成她的夢想了！穿著漂漂亮亮的婚紗，和心愛的人在一起，是最幸福的事了！她穿著露肩的白紗，胸口戴著假鑽項鍊，曳地的白紗及點綴的頭飾讓她整個人如夢似幻、甜美可人，臉上洋溢著幸福的氣息。

「會冷嗎？」阿光問道，他看她大半的皮膚，都裸露出來了。

「還好。」興奮的她，並不覺得寒冷。

「要不要披件衣服？」

「拜託，拍婚紗耶？誰還要披衣服？而且這件婚紗就是設計露出肩部，再把肩部遮住的話，就不好看了。」小君睨了他一眼。

「可是妳上次不就是因為這樣感冒？」

「那都多久的事了？」小君抗議著。她拉著他，走到場中央，對著鏡頭，露出最美的笑靨。

「很好，我們準備拍了。」

攝影師都已經說話了，阿光也沒有再說什麼，只能任憑人家宰割……喔！不，是拍照。

會心甘情願任人擺布的，大概只有這個時候了。

「好，很好，看這邊。」許文耀站在照相機後面，從鏡頭看著兩人的肢體，開始指導。「那個新郎，沒有笑容，要笑。」

阿光對著鏡頭，露出一個僵硬的笑容。

「這樣不行喔！新娘那麼美麗，新郎應該更開心一點。你叫阿光對吧？要再笑開一點喔！」

察覺到阿光的身體僵硬，小君輕捶了他一下。「你在做什麼呀？」

「我笑不出來。」阿光為難的道，一般來說，笑容應該是發自內心，真心誠意的笑，刻意的話，根本笑不出來。

「跟我拍照有那麼難過嗎？」小君假裝生氣的說著。

「不是這樣。」

「要不然怎麼樣嘛？你不笑的話，我們怎麼拍？」

嬌妻都這麼說了，阿光勉為其難，牽動臉部肌肉，露出牙齒，他覺得自己很拙、很傻，沒想到許文耀反而相當滿意：「很好，就是這樣！新娘再靠上來一點，兩人要恩愛一點。」

小君聞言，將身體挨了上去，這時候背脊傳來一陣寒意，裸露在外的肩膀及雙臂，全都起了雞皮疙瘩。

奇怪，攝影棚裡不是有空調嗎？怎麼會有風？而且剛才不冷，現在卻覺得冷了起來？

察覺到小君的身體一僵，阿光趁空檔的時候，低頭問道：「怎麼了？」

「沒，我只是覺得有點冷。」

「不是說過不要選這套服裝嗎？除了好看之外，什麼功能都沒有……」阿光還沒唸完，就被小君駁斥：

「婚紗照就是要好看啊！如果要包緊一點的話，我乾脆像回教女人，把自己全身都包緊緊的算了。」

他總是拿她沒輒，阿光語塞，說不出話來。

「好了，沒關係啦！過一會兒就好了。」小君並不在意。

「不要再打情罵俏了，要打情罵俏的話，回家再說！來，看這裡。」

小君吐了吐舌頭，沒再講話，阿光也很不好意思，他們聽從攝影師的話，擺出各種姿勢。

好不容易拍完，終於可以休息一下，白白帶她到旁邊去換衣服，白紗他們選了兩組，一組活潑俏麗，一組古典秀雅，拍完第一組之後，準備換上另外一件婚紗。

攝影棚的更衣間不算大，但塞下兩個人綽綽有餘，白白也可以進來幫忙。而且門後面還有個連身鏡，新娘在穿上禮服時，可以看到自己的全貌。小君穿上另外一件具有維多利亞風格的婚紗時，朝連身鏡瞄了一眼。

咦?怎麼除了她之外，還有另外一個新娘，站在她的後面?

她轉過頭，想看到底是誰?剛剛她們進來的時候，並沒有看到其他人啊!

小君回過頭，只看到剛才換下來的白紗，吊在壁上。

「好了，我們可以出去了。」白白幫她把頸子後面的釦子扣上之後說道。

「喔!」

小君推開門，準備出去，回過頭，再瞄了剛才換下來的白紗一眼，然而心頭卻閃過不安，方才那位新娘穿的白紗款式，似乎跟夢裡她所夢的那位新娘服裝，一模一樣……

換了另外一套白紗後，容姊又幫她換另外一個造型，小君滿意的看著自己的新假髮，彷彿自己是不同的女人。

「來，到中間去。」

小君在換造型的同時，許文耀已經把布景換了，變成歐洲宮廷的風格，而白白則拉過一張躺椅，放到布景前面。

阿光和小君不約而同的，朝椅子上坐了下去。

「那個椅子不是給你們坐的，新郎站起來，到椅子後頭去。」許文耀叱喝著，阿光漲紅了臉，站到椅子後頭，而小君則竊竊笑了起來。

「白白，扇子拿給新娘。」

白白拿了個扇子給小君，小君將扇子一打開，如同十八世紀歐洲的名媛淑女，她拿著扇子揮呀揮的，感覺相當尊貴，難怪女生都想拍婚紗，就是要把握自己最漂亮，最受珍寵的時光。

「很好，等一下把扇子拿到臉那邊，要含羞帶怯的表情，後面的新郎，不要再發呆了，把腰彎下來，手搭在新娘的肩膀上，來，對著鏡頭。」

阿光照做，不過許文耀不是很滿意，乾脆上前幫他擺放手、腳的角度及位置，直到他滿意了，才又回到鏡頭前。

「很好，要拍了。」

許文耀將眼睛放到鏡頭前，從鏡頭看到生澀僵硬的新郎，還有笑靨如花，神情愉快的新娘，還有……

咦？

宮廷的布景中間，怎麼還有個女人穿著白紗，站在那裡？許文耀將頭移開，看看現場，眼前只有阿光和小君，白白在他身邊，他再看鏡頭，那個身穿白紗的女人，也正在看他。

許文耀揉揉眼睛，又將眼睛放到鏡頭前，這時候，那個穿著白紗的女人朝鏡頭走了過來。

這、這是……許文耀抓著照相機，身體向後移動。他看著那個女人的臉蛋，突然臉上血色盡失！

這個新娘，他曾經看過？

「啊！」他喊了起來！

小君和阿光都疑惑的看著許文耀，不知道他在玩什麼把戲？而站在他身邊的白白，則愣住了。

只見許文耀手持照相機，眼睛直盯著鏡頭，不斷的往後退，阿光確定他沒有在拍他們，惱怒起來。

「你在做什麼？」

「不可能！不可能！」她怎麼會出現在這裡？而且還是他的鏡頭裡？不可能！

許文耀越退越後面，他的手放不開照相機，而那個女人一直走過來，她的身影越來越明顯，最後，她的臉放到鏡頭前，像是一個大大的特寫！清楚的臉蛋透過鏡孔，直接衝擊許文耀的視網膜！

「哇啊！」

許文耀像是受了一擊，快速的往後退，撞上了窗戶，而這個窗戶下檻與他的腰平行，又沒有關好，許文耀手持相機，背部撞上窗戶，玻璃窗瞬時打開！而他整個人跌了下去！

「啊！」

「啊！」

現場的女性都叫了起來！阿光護著小君，無力去照顧白白，而小君在初時的震懾過後，跟著阿光，跑到了窗戶邊，白白雖然害怕，隨後也跟了過來。

他們看到躺在地上的許文耀，頭部受到撞擊，滲出一大灘血。而他跌下去的時候，手還拿著照相機，維持在與眼平行的高度。

※　※　※

嗚伊——嗚伊——

救護車將許文耀送走了，現場留下一大片血，小君和阿光在巷子裡，看著許文耀墜樓的地方，滿目驚心。

一個警察走了過來，拿著紙筆問道：「你們就是今天拍照的新人？」

「對。」阿光回答。

「案發的時候，你們在做什麼？」

「拍照啊！」

也對啦！看著他們打扮得相當正式，女生還穿著禮服，應該喜氣洋洋，卻發生攝影師墜樓？警察也覺得他們很衰。

「你們可以把事情經過講一下嗎？」

「我們正在拍照，我跟小君站在布景前面，攝影師突然一直往後走，然後就走到窗戶，掉了下來。」阿光說明著。

「你們沒有阻止他嗎？」

「我們不知道他會發生這種事，想阻止也來不及。」何況他的位置和他們的所在有一段距離，等他們發現時，已經太遲了。

另外一個警員走了過來，和偵詢阿光和小君的警察講了會話，兩人離開了。

現場除了警察之外，還有不少媒體記者，由於這間婚紗店前幾天才發生過準新人在裡頭割腕的事情，現在又發生攝影師跳樓！記者如逐臭之夫，在最短的時間內蜂湧而來。

小君他們正準備離開，記者們已經圍了過來。

「請問一下，剛才發生了什麼事？」

「剛才那個攝影師，是準備幫你們拍照嗎？」

「你們今天來拍照，發生這種事，會不會覺得很觸霉頭？」

小君從來沒有碰過這種場面，一堆鎂光燈和麥克風在他們眼前晃動，阿光只能護著她，想要不讓她受干擾，根本不可能。兩人想要衝出重圍，卻離不開，這時候有人抓住他們的手，兩人轉過身一看，是鄒岳珊，她臉色灰暗，職業笑容已經不見。

「跟我來。」

兩人也不想面對媒體，跟著鄒岳珊離開，媒體跟了上去。鄒岳珊來到了婚紗店位於一樓的後門，將他們帶了進去，在媒體想要衝進來的同時，已經有人把門關起來了！

「往這裡走。」

鄒岳珊帶著他們走到前面，不過前面已經把鐵門拉上，其他的店員臉色也好看不到哪裡去。

「來，阿光，小君，先喝杯茶。」鄒岳珊勉強擠出笑容，她的笑比不笑還難看。

小君坐了下來，身上的衣服又重，假髮又悶，她抓了抓頭，鄒岳珊馬上轉頭吩咐化妝師：「容姊，過來幫客人把假髮拿掉。」

容姊過來了，就站在小君身後，直接幫她把頭上的假髮及髮飾取下，並拿過卸妝綿和卸妝水，在她臉上卸妝，反正今天也拍不成了。

鄒岳珊坐在他們面前，沉重的道：「阿光、小君，很抱歉，沒想到發生這樣的事情。」

「發生這樣的事情，大家都不好受。」阿光並沒有發怒，他知道這不全然是婚紗店的錯。

「謝謝你們的諒解，請讓我們幫你們把婚紗照拍完。」鄒岳珊大膽要求。

「呃？」小君錯愕的看著她。

「我知道發生這麼多事，你們一定很不願意在這裡拍照，但是，拜託你們，讓我們替你們拍完照！剩下的錢，你們可以不用繳，但該有的權利，你們還是保有，請你們，讓我們把你們的婚紗照拍完，拜託你們了。」鄒岳珊說完，還站了起來，朝他們行了個九十度的鞠躬。

「為什麼？」

「發生這種事，本店的商譽，難免受到影響，如果有顧客支持的話，對我們是個鼓勵，也才能夠挽回大眾的信心。」

原來如此，那他們呢？阿光和小君望了一眼，鄒岳珊又急切的道：

「拜託你們幫幫我們，我們可以不再收取任何費用，也可以在你們結婚的時候，提供禮服出席喜宴，幫你們化妝，請你們幫幫忙吧！」

哇！這對他們來說，是個好消息，這樣一來，他們可以省很多費用。

「可是……還要在這裡拍嗎？」小君為難的道。

「不！我們會跟其他婚紗業者借棚，絕對不會讓你們吃虧。」鄒岳珊信誓旦旦的道。

「阿光，你說呢？」

阿光皺著眉頭，發生這麼多事情，他們應該放棄了。「我們再去別家看看吧！」

「阿光！你就算是做好事，幫幫我們吧！如果你還有什麼要求，只要是我能力所及，都可以答應你。」鄒岳珊急了，忙向後頭的員工使色，現場的人全都跑了過來，跟他們拜託。

「求求你們。」

「拜託了。」

「這……」一群人朝他們求情，阿光為難了。

「好了啦！阿光，反正他們都會換別的地方拍照了。」見鄒岳珊如此低聲下氣，大家又這麼可憐，小君又動了憐憫之心。她向來心軟，只要人家一哀求，她就答應了。

「是的，我們馬上為你們找新的棚拍攝。」鄒岳珊在旁邊鼓吹。

「這……」阿光和小君望了一眼，他們本來就不習慣冷酷無情，既然人家都這麼說了，他沒有說話，小君替他決定了。

「那就繼續拍吧！」

「謝謝你們！謝謝！」鄒岳珊開心的都快哭出來了。

「謝謝。」後頭的員工也都連忙向他們道謝。

換回原來的衣服，把臉上的妝都卸了之後，阿光和小君在鄒岳珊的掩護下，避開了守在門口的記者，趕緊落跑。他們只是普通的老百姓，不習慣曝露在陽光底下。

離開之後，阿光忍不住小小的埋怨：「妳啊！就是太善良了。」

「沒辦法啊！你看他們那麼可憐，那種狀況下，也很難拒絕吧？再說，他們不是說這次的婚紗照免費，還有提供結婚時候的禮服跟化妝？」這對他們來說，省了一筆開銷。

「話是這麼說沒錯，不過……」他總覺得不安，條件太好了，說不定還有什麼問題？

「好了，先不管這個了，我們走吧！」

※　※　※

會在發生意外的婚紗店拍照的人，應該不多吧？除了店員的要求難以令人拒絕，一方面，她也不相信還會再發生什麼事？若要到別間去，豈不又要再重忙一次？

小君邊夾自助餐的菜，心神有些恍惚。她在公司裡擔任助理，忙了一整個早上，終於有空到員工餐廳吃飯。只是她比較晚來，打了飯菜之後，瀏覽一下現場，不知道還有沒有位置？

「小君，這邊！」秀娟舉起手招呼，錦文也在她身邊。

小君鬆了口氣，這樣就不用再找位置，或等人吃完才能坐下來了。她將餐盤放了下來，吐出一口氣。

「今天怎麼這麼累？」秀娟問道。

「我也不知道，好像沒睡飽。」小君按了按脖子，有一口、沒一口吃起飯來。今天她沒什麼胃口，不過她知道，如果不吃東西的話，下午一定沒力氣，所以不管怎麼樣，多少都得塞點食物進去。

「妳的臉色也很差，不是要結婚了嗎？」錦文也開口了。

「有嗎？」小君摸著臉。

「對啊！整張臉都黯淡無光，灰灰暗暗的，完全不像一個要結婚的人。」錦文用說的還不夠，還用手指著她的臉蛋。

「那要怎麼樣才像要結婚？」

「像林美珠啊！她三個月後也要結婚，可是妳看人家，容光煥發，喜氣洋洋，真是讓人忌妒啊！」錦文指著另一桌，一個身材略微肥胖的女孩，雖然沒有苗條的身材，以及花容月貌，但大概是好事近了，整個人顯得相當亮眼，正開心的接受同事的道賀。

小君托著腮幫子，用筷子挾起菜送入口中。「我大概是沒睡好吧？」好歹她也是個準新娘，怎麼可以這樣無精打采呢？

「事情太多的話，可以跟我們說，我們可以幫妳。」秀娟說道，雖然她們不是同部門，不過感情很好。

「謝謝。」

旁邊有人走了，位置空了，另外有個人走了過來，坐在對面的秀娟和錦文一見到來人，緊張的換呼：「主任好。」

小君這時才回過神來，趕緊打著招呼。

「黃主任好。」

「不用拘謹，現在是吃飯時間，大家可以輕鬆點。」黃主任是個四十多歲的男性主管，個性和善，常和下屬融成一片。在他的底下做事，比其他的部門來的幸運。

小君聽了，放鬆了下來，而錦文已經吃完午餐，聊了起來。「主任，你是什麼時候結婚的？」

「我？大概三十歲左右結的。怎麼會問起這個問題？」

「沒有啦！小君快要結婚了，剛剛我們還聊到她要結婚的事情，所以就想問問你囉！看男生大概都什麼時候想婚？」錦文是有任何話題都可以聊。

「妳要結婚了？」黃主任錯愕的看了小君一眼。「什麼時候？」

「還不確定，大概就是今年吧！」小君說的時候，倦容滿面，一點也沒有女孩子談到婚禮時，散發出來的特有光采。

「這樣啊？妳幾歲？」

「二十六。」

黃主任不知道在想什麼？突然沉默了下來，須臾，他開口了：「可以的話，今年最好不要結婚。」

不只小君，連秀娟和錦文兩個人聽了，都嚇了一跳！

第三章　鏡頭

「為什麼？」

「明年的話會好一點。」黃主任避重就輕的道。

「什麼意思？」

黃主任沒有再說明，他飛快的吃完飯，不管三個女人如何追問，都含糊帶過，不到五分鐘就用餐結束，站起來走人。

「搞什麼呀？」錦文看著離開的黃主任，搞不懂他的意思。

「黃主任是什麼意思？」秀娟皺著眉頭，哪有人在聽到對方要結婚後，還要人家往後延的？這不是觸霉頭嗎？

小君拿出面紙，抹抹嘴。「吃完了。」

「小君，妳不擔心嗎？」錦文對她道。

「擔心什麼？」

「黃主任他剛剛說的話啊！」

「那個啊？沒關係。」小君一點都不在乎，她並非無神論，只是任何事情都還是要靠自己。黃主任的話，對她並沒什麼影響。

第四章　婚戒

小君來到了廁所，用過餐後，她從皮包裡拿出牙刷牙膏出來刷牙。她有在飯後清潔牙齒的習慣，如果是在外面的話，就不一定這麼方便了。

將牙膏擠在牙刷上，小君刷牙刷乾淨後，彎下身上，接起水龍頭的水將嘴裡的泡沫吐掉，她抬起頭來，赫然發現她的身後站著一個身穿白紗的新娘！正惡狠狠的看著她！

「啊！」

她嚇了一跳！轉過身一看，什麼也沒有！

沒有人？

眼花了嗎？她最近怎麼搞的？恍惚成這樣？籌備婚禮的壓力有這麼大嗎？

小君不懂。她轉過來，水龍頭的水還沒有關掉，她俯下身，以嘴湊近流水，想要再接清水來漱口，卻發現流到口裡的，是紅色的液體。

「呸！呸！」

小君連忙將紅色液體吐了出來，驚駭的望著原本殷紅的液體，已經流下排水孔了。

這是什麼東西？剛才才眼花看到有人站在她身後，現在水龍頭又流出紅色的液體，到底怎麼回事？小君拿起牆上的擦手巾，將嘴巴擦乾淨，心生畏懼，今天還是洗到這裡就好了。

她手忙腳亂，把牙膏牙刷都收好，準備離開，而她在翻皮包的時候，一個盒子掉了出來，蓋子打開，裡頭的東西也掉出來。

「啊！戒指！」

那是她和阿光去銀樓挑的，準備結婚的訂婚戒指，因為住在公司宿舍，怕人多會遺落，才隨身攜帶，沒想到竟然因為自己的疏失，盒子掉了出來，還因為角度的關係，讓蓋子打開，使得裡頭的戒指掉了出來！不知道滾到哪裡去了？

小君連忙趴了下來，在地板上找戒指。

戒指雖然小，但也不至於看不到，而且是以黃金製作而成，藉由反光應該很好找的，但小君卻看不到戒指的蹤跡。

有人從外頭推門進來了，是隔壁部門的芳華，看到她趴在地上，詢問：「小君，妳怎麼了？」

「我在找戒指。」

「什麼戒指？」

「一個金戒指，結婚要用的。」

「哇！妳要結婚啦？恭喜！」芳華叫了起來！

「如果不找到的話，可能就結不了婚了。」小君焦急道，雖然不至於結不了婚，但一個戒指那麼貴，加上它所代表的意義，可就讓人無法輕忽了。

「我來幫妳找。」

「謝謝。」

兩個女人蹲在地上尋找，隨後有人又進來。

「妳們在幹嘛？」

「小君的結婚戒指不見了。」芳華說道。

「啊？我也來幫忙找。」

一時間，廁所擠了好幾個女人，都在幫忙尋找戒指。由於戒指只在洗手臺附近掉落，而其他的門都關起來，尋找的範圍縮小，卻怎麼找也找不到。眼看上班時間快要到了，小君只好放棄。

「謝謝妳們，妳們先去上班吧！」

「那妳的戒指怎麼辦？」芳華問道。

「我再繼續找，妳們先離開吧！」

「好。」

兩個女人先行出去，小君繼續在廁所找，已經超過上班時間十幾分鐘了，小君好想哭喔！廁所就這麼一丁點大，怎麼可能找不到戒指？難道掉到排水孔了？

小君看著角落的排水孔，感到失落。

怎麼辦？戒指掉了，要不要跟阿光講？再買一個嗎？她有跟打掃的清潔阿姨講過了，如果找到她的戒指的話，請還給她，但有可能找到嗎？失去重要東西的懊惱、煩躁，讓小君整個下午上班的時候，很不愉快。

好不容易熬到了下班時間，吃飯的時候，小君整個人失魂落魄，而秀娟已經從其他人的口中，知道她的戒指掉了。

「小君，妳還好吧？」

「怎麼可能會好？妳看她的臉色那麼差？」錦文邊喝湯邊道，秀娟睨了她一眼。

「大家再找找看囉！如果找到的話，會還給妳的。」

「希望如此囉！」小君嘆著氣道，失物找回來的機率太小了，她很怕真的掉到排水孔，這樣一來的話，希望就沒了。

錦文將碗放了下來，擦擦嘴道：「黃主任說得真準，妳今年不該結婚的。」

「啊？」小君愣住了。

錦文也不知道是直率還是白目，向來是想到什麼說什麼的：「妳想想看，妳要結婚，結果拍照的時候，攝影師墜樓，我還記得那間婚紗公司，前幾天不是有準新娘在裡頭割腕自殺嗎？現在戒指又不見了，妳真是流年不利，乾脆不要結婚了！」

「錦文！」秀娟喝斥著！「妳就不能少說一點嗎？」

「我是說真的嘛！」錦文顯得相當委屈。

小君也知道錦文無心，不想計較，但心情仍受影響。錦文太年輕了，有時候分不清什麼話該說，什麼話不該說。

「我吃飽了。」她推開椅子，將吃過的紙碗、紙盤拿去丟掉。

「要回去宿舍了嗎？」秀娟走了過來。

「嗯。」

「我們一起走吧！」

「等一下，我也要回去。」錦文在她們身後喊道，兩人很有默契的沒有理會，直到錦文追上她們。

※　　※　　※

周芳華將門鎖起來，確定外頭的人進不來，才從口袋裡，掏出戒指出來。

看著手中亮澄澄的金戒指，上頭閃耀著璀璨光芒，中間鑲了顆鑽石，現在金價這麼貴，戒指應該不便宜吧？

呵呵！反正也沒關係，這是小君的，她一直以為掉在廁所，根本想不到被她撿起來了。

想到擁有這只戒指，她就不禁開心起來。

最近大家不是訂婚，就是結婚，讓她這個單身的人真是嫉妒呀！反正她們那麼幸福，她拿走小君的戒指也不算什麼，周芳華為自己的行為有了解釋，愉快的將戒指套在左手中指上，嘿！大小剛剛好。

她取下手中的戒指，該收起來，要不然去上班的時候戴著戒指，也太招搖了，很快就會被小君發現了。

正當周芳華喜孜孜的時候，頭上的電燈突然忽明忽滅，是壞了嗎？她抬頭看著老舊的燈管，該去跟公司講一下了。

倏然——燈管熄滅了！

討厭！燈壞了，這下怎麼照明？趁現在還天亮的時候，她去跟管理員講一下，叫他替她換燈管。周芳華伸手開門，咦？門打不開？她出不去了？

吼！該不會燈壞了，喇叭鎖也跟著同時壞了吧？她得趕快打電話，找人求救。

周芳華轉身，正準備找手機的時候，一個人影突然出現在窗戶前面！擋住了外頭僅剩的陽光。

「妳、妳是誰？為什麼在這裡？」周芳華叫了起來。這個人什麼時候出現在她的房間的？而且，她怎麼一身婚紗？她是誰？是公司的員工嗎？但她從來沒有見過這個人。

那個新娘沒有回答，只向她走了過來。

隨著人影的靠近，周芳華眼睛張得越來越大，那是人嗎？臉上的粉底白的像牆壁，甚至有剝落的痕跡，她的眼影格外明顯，像用水彩塗了上去，她渾身散出來的恨意格外明顯，為什麼？

周芳華不斷轉動門把，門打不開，而當她握住戒指的手被那個新娘抓住時，她尖叫起來！

「啊！妳、妳要做什麼？」

一層白紗蓋住她的臉孔時，周芳華想要尖叫，她的聲音卻透不過白紗？而且呼吸似乎被擋住了。

為什麼？為什麼要殺她？

周芳華感到她恨她，為什麼？她跟她無冤無仇，為什麼要殺她？

臉上的白紗越來越多，層層覆蓋住她，周芳華無法呼吸，她的眼睛……

不，臉上有孔的地方，都流出液體來，是血吧？

在接近死亡的時候，她感到新娘子強烈的恨意，破壞幸福的人，都要受到報應，她不過是拿了小君的結婚戒指啊？她又不是拿走這個新娘的戒指，為什麼她想殺她？

如果，不拿戒指就好了。

※　　※　　※

小君進到房間，覺得悶極了。

要不要跟阿光講這件事呢？他會不會很生氣？雖然說阿光那個好脾氣，不會對她動怒，但是她掉了戒指，她還是感到愧疚。如果把戒指交給阿光保管，大概就不會發生這種事了？小君嘆氣的想著。

拿起手機，她準備撥給阿光，告訴他這件事——

「啊！」

第四章　婚戒

一個驚天動地，足以撼動整層樓房的高亢尖銳的聲音響起！小君嚇的手機差點掉到地上。她才剛掉了個戒指，可不想再換隻手機，再破財一次。

她打開房門，左右張望，發現隔壁房間的同事全都跑出來，連樓上跟樓下的同事也都衝到三樓來了。

「怎麼了？」

「發生什麼事？」

眾人議論紛紛，確定聲音是從右側傳出來的，而有兩名同事聚在芳華的房門前，敲打著門扉。

小君走了過去，問道：「剛剛發生什麼事？」

「不曉得，我們聽到芳華的聲音，門卻打不開。」說話的是住在芳華左側的同事。

小君也忍不住上前敲了敲門，叫了起來：「芳華，妳在嗎？」

「沒有用啦！門打不開！」

「打電話叫李組長來啦！鑰匙在他那邊。」有人提議著，馬上有人跑去打電話。

由於已經下班，李組長都回到家了，等他過來的話，少說也要半小時以上，而這段期間，沒有人知道芳華到底出了什麼事？只知道在那一聲尖叫之後，就再也沒聲音了。

一群女人焦急的在芳華的房門等待，開始有人猜測：

「芳華會不會出事了啊？」

「呸呸！不要亂講話。」

「要不然怎麼都沒聲音了？」

眾人議論紛紛，沒有得到消息，誰也不敢掉以輕心。好不容易等到李組長過來，他埋怨著：「到底怎麼了？芳華還沒開門嗎？」

「對啊！她叫了一聲，就沒有聲音了。組長，你快點開門啦！」

「好、好。」

李組長拿這些娘子軍沒辦法，他一個大男人沒辦法對付她們，有時候還會被幾個年紀大的歐巴桑指揮來指揮去，搞不懂誰才是組長？

他拿出鑰匙，找到了芳華房間的備份鑰匙，放到鑰匙孔。

「芳華，我是李組長，要進來了喔！」李組長怕自己男性的身分，會嚇到在房間裡不知道正在做什麼事的芳華？先行打個招呼。

房裡沒有動靜，連燈也沒有開。

「怎麼搞得？這麼晚了，不開燈……」李組長邊說邊摸著牆壁，這裡的房間格局都差不多，電燈開關的位置也一樣。

當燈一打開的時候，就不是一記尖銳的聲音，而是十多個，聲音尖銳高亢的女人同時發出——

「啊！」

她們的同事，也就是芳華，此時正躺在地上，七孔出血，模樣駭然，而她的右手中間，有個亮晶晶的東西，藉由燈光的反射，眾人都看到了，那是枚金戒指。

※　　※　　※

警察來了，拉起了黃色布條，封鎖了現場，並詢問所有的人，而小君首當其衝，被警方特別詢問：「妳說那個戒指是妳的？」

「對，是我的。」

「妳的戒指怎麼會在周芳華那裡？」

「我、我不知道。」小君也被嚇到了。

「既然是妳的戒指，怎麼會離開妳的身邊？」

「中午我在廁所的時候，戒指突然掉了下去！剛好芳華進來，說要幫我一起找，可是我們找了好久，都沒有找到，我不知道怎麼會在芳華那邊？」小君連忙說明。

警方一聽，隱約知道發生什麼事情了？不過為了一個戒指殺人的話，可就得不償失了。

第四章　婚戒

「有其他人可以作證嗎？」

「有！趙姊可以作證。」小君講的是另外一名跟她一起尋找戒指的同事，警方詢問過趙姊後，確定小君所言無誤。

而且從中午到案發過程，兩人回到宿舍的時間也不同，周芳華一下班後，就直奔宿舍，小君則是和秀娟、錦文吃完飯後，才一起回宿舍，才不太可能是小君犯案，只好先將她請回。

折騰了大半夜，才把所有人員全部偵訊結束，讓她們回房，而小君感到自己很倒楣，不僅戒指不見，還差點被以為是殺人兇手，她煩透了，於是打電話給阿光。

「喂！」電話接通了。「阿光。你過來接我好不好？」

「啊？怎麼了？」阿光愣了一下，小君說話沒頭沒尾的。

「我們宿舍這裡死了人，警察還在這邊辦案，覺得很煩，你可不可以過來接我去你那邊睡一晚？」

「好啊！」未來的老婆大人吩咐了，阿光樂於聽命。

阿光騎著車子，來到了小君的公司宿舍，在門口也遭到警方的詢問，在取得小君的連絡方式後，警方才放她走。

阿光將小君接到他的住所，由於他只有一個人住，所以住在單人套房，小君一來，空間就顯得狹隘許多。

「啊！好累喔！」小君坐在床上，吐了一口氣。搞這麼晚，到阿光家都十二點多了。

「妳要先洗澡？還是先睡覺？」

「不想洗了，我想先睡了。」小君將身體躺了下去。

「到底是怎麼回事？妳的戒指怎麼會在那個死掉的同事那邊？」剛才小君打電話給他時，沒有說得很清楚。而剛才在公司宿舍時，他也沒空好好詢問。

「就是中午的時候，我在廁所，戒指掉了出來，剛好芳華進來，說要幫我找，沒有找到，結果沒想到她明明找到了，卻占為己有。」這是小君所能想到最好的解釋了。

常聽人家說，芳華愛占便宜，大家想說同事一場，也沒人跟她太計較，沒想到這次連自己的性命都失去了。

「那她怎麼會死掉？」

「不曉得，可是好討厭，聽警察的語氣，好像是我害死她的。拜託！我怎麼可能會為了一個戒指，去殺一個人。」這實在太牽強，也太不划算了。

「他們真的這樣說？」阿光望了她一眼。

「是沒有說啦！可是那種眼神，就知道他們在想什麼了。你沒看我們要走的時候，那個警察還一直瞪著我們嗎？」想到自己被懷疑，小君就很不舒服。

「妳又沒有殺人。」

「對啊！而且她七孔都流血，不知道是怎麼死的？好恐怖！」雖然覺得芳華給她帶來麻煩，但對她的死，又有點同情。

「對了，那戒指呢？」

「警方說那是證物，帶走了。」

「什麼?那什麼時候拿回來?」那可是他們的婚戒耶!

「不知道。」

「妳喔!小心一點，戒指不就不會掉了?」

「你在怪我嗎?我又不是故意的。我本來就是怕宿舍人太多，會有扒手，才把貴重物品隨身攜帶，誰知道會發生這種事?」小君生氣起來，遇到這種事，阿光又指責她，心情很低落。

「好、好，沒事啦!我沒有在怪妳，會遇到這種事，誰也說不得準。已經很晚了，妳先睡吧!」阿光趕緊安撫她，免得兩人又吵了起來。

「哼!」小君躺了下來。

本來開開心心的，準備迎接結婚這檔事，誰知道一切都變了調?而且連拍婚紗也很不順遂，到底是怎麼搞的嘛!

小君心頭沉沉的，倦意湧了上來，一下就睡著了。

「小君？」阿光喚著她，沒有動靜。

這麼快就睡著了？也難怪，發生這麼多事，有夠折騰人的。他也無意怪她，只是事情發生，難免會念個兩句，誰知道小君這樣就生氣了？

算了，明天再跟她解釋清楚吧！

只是小君大刺刺的占據了他的單人床，他要上床，還得小心翼翼，免得把她擠下床。婚後他打算買張加大的床，這樣就不會擠了。不對，夫妻那麼分開做什麼？本來就是應該睡緊一點。

阿光胡思亂想著，為他們兩人蓋好棉被，同樣閉上了眼睛。

※　※　※

最近運氣欠佳，不僅四處充滿死亡，代表誓約的婚戒，也沾了血跡，這是代表什麼嗎？

小君不斷思考，得不到答案，因為她發現，最重要的新郎不見了！

阿光呢？他跑到哪裡去了？

小君站了起來，看著四周，不論那邊，都是一片紅色，這紅色著實詭異，像是血管，不安的氣氛是血液，而她是外來的病毒，正準備將她送走。

這詭異的氣氛與情境，是夢？對吧？是夢？

儘管理智很清楚，這扭曲的地方不可能是現實，但心頭仍撲撲跳，冷汗涔涔。而且有個強烈的感覺——阿光不見了！

阿光！阿光！

她不斷奔跑，希望可以在夢境找到她的新郎，這一生要陪伴她的重要人物，可是無論她怎麼跑，都找不到阿光！

遠遠的有個人影！她跑了過去！那人影從模糊到清晰，她看到了那兩個人，手挽著手，女的穿著一襲婚紗，臉孔被白紗蓋住，看不清楚她的臉，不過她身邊挽著的那個男人，小君就熟悉了。

那臉孔，那身材，分明就是阿光，只是他怎麼會跟別的女人在一起呢？

「阿光！」

她朝他跑去！但不論她跑多快，他們和她始終保持著一定的距離，讓她越來越焦急。

「阿光！你要去哪裡？她是誰？」她大喊著，可是他似乎沒有聽到，一點表情也沒有。

小君看著他旁邊那個女人，那個女人……好像是她，又好像不是她，小君相當焦急，那個女人到底是不是她？如果是她的話，那正在跑的自己又是誰？

由於無法突破距離，小君眼睜睜的看著那個新娘，拿起了刀子，往阿光的脖子上劃了下去！

阿光沒有叫！沒有逃！他站在那裡，讓那個新娘刺殺！

不是她！那個新娘絕對不是她！她不可能殺阿光！就算她再怎麼生氣！她也不會傷害阿光！

「啊！」

那個新娘不斷刺著阿光，阿光的身上，都噴出了鮮血，小君終於明白，這裡世界的色彩，到底從哪裡來的？

「不要！不——」

終於，她突破障礙，來到了阿光的旁邊，阿光的身體像是氣球漏氣似的，軟了下去，整個人扁扁的，攤在地上。

在地上的就像是阿光的人形氣球似的，但她知道那是阿光，他身體裡的東西流出來後，整個人軟趴趴的，她把他從血液當中抱起來，但扁平的阿光五官顯得詭異，就像是橡皮攤在地上。

她的新郎，為什麼會變成這樣？

小君來不及哭泣，背後突然傳來一陣劇痛，小君尖叫起來！她轉身一看，是那個新娘，她正邪惡的看著她，那塗著太厚的粉底，還有禮服上都是髒污，而她已化成白骨的手拿著那把熟悉的刀子，朝她刺了過來！

「啊！」

顧不得阿光，她連滾帶帶的閃避她的攻擊！然而小君發現，她的腳好重，而那個新娘雖然穿著厚重的新娘衣，卻動作靈活，向她逼進！

為什麼？為什麼要攻擊她？她明明跟她無怨無仇，為什麼要殺她？還有阿光？小君急忙往前跑！

她的背好痛，而前方依舊是一片殷紅的世界，她還在這個不知名生物，巨大的血管裡。沒有出口，也沒有入口。

「哎喲！」

小君跑得太急，不小心摔了一跤，原本擔心新娘子會追上來，但她往後一看，什麼人也沒有，連阿光也消失了。

人呢？都到哪裡去了？

小君相當駭然，所有人都消失了，只剩下她嗎？

這時候，她感到手腳溼漉漉的，從四處湧出了不少液體，浸溼她的身體，蓋過她的小腿，這是怎麼回事？

她站了起來，想要趕快尋找出口，那液體，卻越來越多。

這到底是什麼?為什麼聞起來有股腥味?就像是鮮血?那鮮豔的色澤,湧出的流量,已經到達她的腰部了,而且越來越快速,升到她的胸部、脖子,侵入她的口鼻。

她憋著氣,想要尋找出口,但四處都沒有逃生門,她感到慌張,這時候,有人在抓她的腳?

小君轉過頭,看到一個女人在哭,這血海,就是從她的眼睛流出來的。

那個人……好熟悉?小君差點大叫起來!那不是芳華嗎?為什麼會出現在她的夢裡?

小君驚慌的想逃跑,然而芳華卻一直抓著她,小君拚命掙扎,她如果再不掙脫的話,她就要被這片血海淹死了……

第五章　拍照

「小君？小君？小君！」阿光不斷拍打著小君，小君似在夢魘，發出呻吟的聲音。

還是沒有動靜，阿光只好略為出力，打了她一巴掌，小君啊的叫了一聲！終於醒了過來，同時也開始深呼吸。

「小君，妳怎麼了？剛才怎麼沒有呼吸？」阿光急忙問道。

「我沒有呼吸？」

「對啊！妳剛才暫時停止呼吸了，我怕妳缺氧，趕快把妳叫醒。」阿光冷汗直流，剛才叫不醒她的時候，他真怕她就死在他懷裡。

「我……」

想到剛才的夢境，小君抖了起來。透過外頭的路燈，她可以看到阿光就在她旁邊。

他沒有死，他還活著。

沒有恐怖的鬼新娘，也沒有人抓住她，除了背上隱隱發作的疼痛，她的阿光還活著。

「阿光！阿光！」她哭了起來，抱住了他。

「小君？怎麼了？」阿光愣住了，小君平常很少哭的，就算有不高興，也不曾像現在這般落淚。

「我……我以為……」

「以為怎麼樣？」

「我以為你死了。」

阿光又愣住了。「我不是好好的？妳做惡夢了。」

小君眨眨眼，現在外頭還很暗，根本還沒有天明，那麼剛才那些，都是她在作夢了。只是為什麼會做這些恐懼的夢？

「我夢到……你好像死了，我又夢到……有人拿著刀子追我，現在我的背還在痛，我還夢到芳華……」

「妳想太多了。」

「可是……」

「會做這種夢，應該是最近接二連三發生這些事所造成的影響，而且今天芳華不是才死嗎？妳日有所思，夜有所夢，簡單來說，就是妳的潛意識在作祟。」阿光從科學面解釋。

「真的嗎？可是我現在背好痛。」

「那是床太小，又擠在一起，妳才會不舒服吧？」

「可是……」

「妳現在要做的事，就是睡飽一點，明天還要早起，我載妳過去上班，還要去公司，要比平常提早一個鐘頭呢！」

小君知道多說無用，只得點了點頭。

如果是夢的話，為什麼她的背部還在隱隱作痛？是她的錯覺？還是真的挨了一刀？

※　　※　　※

還有芳華，她為什麼也在她的夢中？

連續幾天，小君都精神不濟，那日的夢境太鮮明，像是隨時會從夢裡跳出來，在現實裡追殺，現在想起來，仍是不寒而慄。

而且她已經不只一次夢到鬼新娘了，在更早之前，就夢到她了。

她突然有種感覺，粉妝之下的新娘，有種違和感。那張臉，似曾相識。會是她的錯覺嗎？但她卻覺得這個新娘，跟她似乎有某種關連。

又是什麼時候開始有這些怪夢呢？對了，是在她和阿光討論好要結婚之後，去婚紗店挑了禮服開始的……

一陣熟悉的手機鈴聲響起，小君先是發愣了會，之後才想起那是自己的手機，連忙接了起來。

「喂？小君嗎？記不記得我？婚紗店的岳珊。」鄒岳珊的聲音傳了過來。

「喔喔！記得呀！」

「我們已經借好棚囉！禮拜六的時候可以過來了，就在附近而已，妳和妳老公來我們公司，我們會帶你們過去。」

「知道了。」

鄒岳珊掛了電話，小君把手機收了起來，現在她對拍婚紗，已經興趣缺缺了，或許直接去戶政事務所登記就好了，也省得這麼麻煩。不過答應好的事情，還是要做到。

她站了起來，把桌上的文件整理好，到隔壁部門去。

「黃主任在嗎？」她向在裡頭工作的秀娟問道，秀娟指了指黃主任的位置，表示隔間後頭是有人的。

小君走了過去。「黃主任，這份文件要請你過目，然後蓋章。」

「我看看。」黃主任接了過去，打開卷宗。

小君忽然想起，這陣子做的怪夢，還有攝影師的死亡，以及前幾天吃飯時，黃主任跟她講的那些話，心底突然一動，有個模糊的想法，卻又抓不住。

「黃主任？」她開口了。

「嗯？」

「那個……前幾天我們在員工餐廳吃飯時，你為什麼跟我說，今年最好不要結婚？」

沒料到她會提起這個問題，黃主任愣了一下。

「你們想要結婚，有跟家裡長輩報備一下嗎？」

「嗯……沒有耶！」

「那是誰的決定？」

「兩個人一起討論的，我們想說今年結婚，明年買房子，如果可以的話，我想在三十歲之前，生完孩子，所以才決定今年結婚的。」小君把他們的計畫講出來。

「所以說，你們也沒看過八字囉？」

「沒有耶！」既然真心相愛，為什麼還要被那些影響？

黃主任捏了捏眉間，在卷宗上蓋了他的章，還給小君，然後說道：「所謂的八字，並不是八股，它有它的意義存在。古代人安排八字，是因為每個人的命盤不同，每個時期，氣場也會有所不同，在那一段時間做什麼事，都會牽扯到吉凶，所以古代人這麼迷信，無非也只是希望趨吉避凶。」

「黃主任你的意思，我們現在不適合結婚？」

「我的意思是，妳打算現在這個時候結婚，可能會有很多事。不講別的，妳自己照照鏡子，妳的臉色灰暗，表示妳最近氣場低落，這並不是一個新嫁娘會有的氣場。妳有遇到什麼事情嗎？」

小君不知道怎麼講她最近遇到的事？那些夢？在科學昌明的時代，講怪力亂神會不會太可笑？

「黃主任，那我現在該怎麼辦？」小君也擔心起來。

「我並不是什麼高人，沒辦法給妳建議，只能告訴妳，最近小心一點。」黃主任說完，注意力放在辦公桌。

畢竟是工作場合，他們的談話僅止於此，小君拿著卷宗，走了出去。

以前聽人家說黃主任有在研究紫微易經八卦等術，莫非他看出什麼了？小君想找他幫忙，但自己又沒真的出什麼事，戒指被偷，也只是她的運氣不好吧！而那些被追殺的夢，似乎不夠有力。

然而心頭上的不安，仍未消弭。

※　　※　　※

小君和阿光依約來到了婚紗公司，雖然她對婚紗已經沒有充滿憧憬，但答應人家的事情還是要辦完，而且這時候若說不拍，阿光也會覺得很奇怪吧？就算他不會生氣，她也過意不去。

「小君，阿光，你們來啦！」一進婚紗店裡，鄒岳珊就迎了上來。

第五章　拍照

除了他們這對新人之外，剛剛他們從外頭走進來，別間婚紗公司裡頭都坐滿顧客，而這間門可羅雀。

「今天要到哪裡拍？」阿光問道。

「來，來，跟我走。」鄒岳珊帶著他們往外頭走，不是在婚紗店裡拍，小君鬆了口氣。

鄒岳珊帶著她們走進旁邊的小巷，穿過髒亂的街道，後頭有幾間小小的照相館，看了令人不是很舒服。

小君疑惑的看著她，她要帶他們去哪裡？要不是阿光在旁邊，她就跑走了。

「來，就是這間。」

小君和阿光同時看著簡陋的門面，裡頭的寬度和門的寬度差不了多少，非常狹隘，幾張沙龍照貼在牆上，充當宣傳，燈光也昏昏暗暗的，不是個讓人很舒服的拍照地方。

小君再次感到受騙，她臉色難看的道：「阿光，我們還要拍嗎？」

阿光也對拍攝地點感到不滿，總覺得再度被鄒岳珊利用，雖然他們不計較，但也不能一次又一次讓他們欺騙。

「來，進來啊！」見他們杵在外頭，鄒岳珊從裡頭招呼。

「我們要在這裡拍照？」

「對啊！」鄒岳珊眼眸一轉，成天面對這麼多客人的她，自然知道發生什麼事了？「你們別看這外面不起眼，來裡面就知道了。」

既然鄒岳珊都這樣說了，阿光和小君跟著她走了進去。

穿過粗鄙的店面，走上傾斜的階梯，二樓的空間出乎意料的大，原來二樓和隔壁是打通的，所以樓下雖然毫不起眼，但樓上的空間與設計，至少博回了好印象。

「容姊在那邊。」鄒岳珊指了左前方，原來幫她化妝的人是同一個。「那個是攝影師，叫他小劉就可以了。」正在檢查鏡頭的，是名看起來相當年輕的男人，正和白白講話。

第五章　拍照

白白看到他們，滿臉笑容跑了過來。

「哈囉！小君姊！」

白白的熱情消除了部分的不悅，小君也熱情的回應：「妳也在這裡啊？」

「對啊！還是由我為妳服務。妳先化妝吧！等一下我再幫妳換衣服。」

「好。」

小君走到梳妝臺前，讓容姊幫她撲粉、上妝，利用化妝的技巧，遮掉了她的黑眼圈，還有灰暗的臉色。

這裡還有其他的新娘子？

小君愣了一下，迅速轉過頭，現場除了她和阿光，攝影師和白白，鄒岳珊早就離開了，而剛才那個新娘子……是她的錯覺嗎？還是她的夢境，移到現實裡了？

「哎呀！小君，妳怎麼亂動？我還在幫妳撲粉呢！」容姊叫了起來！

「抱歉。」

小君又轉回頭去，鏡子的反射跟現場的人物一樣，方才如同她的錯覺，只是眼花罷了！但她又不得不想起黃主任的話，她今年似乎不太適合結婚？難道連跟結婚有關的事情也不能碰嗎？

小君胡思亂想著，而容姊迅速幫她化好妝，戴上假髮，放上髮飾，一個猶似加工過的娃娃就出現了。

「哇！小君姊好漂亮喔！來，我們去換衣服吧！」白白笑盈盈的道。

漂亮？氣色這麼差，哪裡會漂亮？白白果然是婚紗店的人，說謊都不打草稿的。

小君站了起來，白白帶她到角落，用塊粗陋的灰布擋起來的地方，幫她把她挑的白紗穿上。

穿上白紗之後，就算是麻雀，也覺得自己與眾不同了。

小君走了出來，阿光的服裝就簡單多了，他在另外一邊換好西裝，兩人站在一起。

第五章　拍照

「好，你們就站在場中間，不要動！」小劉看著攝影機，指示他們，然後走到他們的後面，切換布景。後面是一大塊藍布，極為單調，不過可以突顯出兩人的存在感。

「好，很好，新郎摟著新娘的腰，對，看鏡頭，笑一下，很好，要拍囉！」

小君和阿光看到小劉抬起頭來，露出滿意的笑容，知道拍照成功，不約而同鬆了口氣。

「不要動喔！再來一次。」

看來這次攝影會很順遂，不會再出事了。

「咦？」小劉叫了起來。

「怎麼了？」不只小君，連阿光都緊張起來。

「鏡頭怪怪的，等一下喔！我檢查一下。」小劉拿著攝影機到旁邊，看著換下來的望遠鏡頭，剛剛還好好的，怎麼再次看的時候，鏡片突然出現裂痕？他疑惑的將鏡片取下，重新換上一片新的。

「我們再來一次。」

雖然有些狀況，不過還好是小事，小君不安的心消失，繼續聽從小劉的話，擺著各種姿勢，而白白則在旁邊準備道具。像是氣球啦！捧花啦！或是椅子之類的，都成為婚紗照中的配角。

「好，換下一套衣服。」小劉吩咐著，小君則走到置衣間，白白正準備拿另外一套白紗給她時，卻叫了起來：

「白紗呢？衣服呢？跑哪裡去了？」

「妳沒有把所有的禮服都帶過來嗎？」小劉不悅的道。

「有啊！我明明拿了六件過來。兩件白紗，四件禮服。」白白覺得莫名其妙，明明是她親手拿過來的呀！

「白白，妳怎麼搞得？客人今天要拍照，妳卻出這種事？」容姊不客氣的批評起來！「還不快回去店裡，看是不是在那裡？」

「好，我馬上回去。」

「等一下！」容姊又叫了起來：「妳先幫客人換別的禮服，小劉在拍的時候，妳再回去找，這樣才不會耽誤時間。」

「知道了。」

白白拿著另外一件綠色的禮服，走到小君身邊，兩人走到更衣間換衣服，白白幫小君拉下拉鍊的時候，說道：「小君姊，對不起，我明明拿兩件白紗過來的，現在不知道為什麼不見了？」

「沒關係，說不定妳放在店裡面，去找找看就好了。」

「謝謝妳的體諒。」

小君再度走了出來，此刻阿光也換了套綠色的西裝，和她的禮服搭配。而容姊另外幫她設計另外一個髮型，讓她有不同的風貌。

接下來的拍照極為順利，擺著不同姿勢，及拿著各種道具的兩人，漸漸放鬆心。

「很好，就是這樣，來，臉貼近一點，對，就是這樣。」小劉也不斷指示，讓他們擺出各種自然的姿勢。
容姊放了音樂，有音樂圍繞，電臺播放的是流行歌曲，整個氣氛都不一樣了。
「找到了。」白白從樓梯走了上來，氣喘吁吁的，她的手上拿著另外一件指定的白紗。
「找到了啊？太好了！」小君開心的叫了起來。
「衣服放在哪裡？」容姊問道。
「掛在原來的展覽架上。」白白小聲的道。
「我就說嘛！明明是妳自己忘了拿，還說找不到，瞧，現在不就找到了嗎？真是的！妳是怎麼做事的呀！」
白白什麼也不敢講，只能靜靜接受容姊的批評，心下十分奇怪。明明她就有拿過來呀！小君和阿光他們還沒到的時候，她還在整理衣服呢！怎麼會無緣無故跑回去？

第五章　拍照

不過就算說了，容姊也不會相信的，白白吞下委屈，依舊笑嘻嘻的道：「小君姊，衣服找到了，可以換衣服了。」

「好。」

「等這件拍完再說吧！」小劉說道。

小君和阿光再度當模特兒，等這次拍完後，小君又要去換衣服，換上她所選的白紗，然後走了出來，而小劉站在布景前面，拉著機關，每拉一次，新的布景就掉下來，遮住原有的布景。

「要哪一張布景好呢？」小劉傷腦筋。雖然只是婚紗，但也要配合後面的布景，才有情境。

小劉不斷拉著手上的繩子，移動機關，忽然間，整個布景掉了下來！打到他的頭上，小劉哀嚎起來，整個人埋在布景裡頭。

「啊！」容姊叫了起來！白白也嚇了一跳！小君站在原地，阿光趕緊上去，把厚重的布景拿開。

「小劉，你還好吧？」阿光把布景拿開，詢問著。

「痛……」

當所有東西都移開時，眾人看到小劉的頭部受傷，血流了下來。原來布景上面的桿子，不偏不倚打在他的腦杓。

容姊見狀，連忙拿起手機打電話：「喂！岳珊，我是容姊，現在出狀況了，妳馬上過來！」

※　※　※

鄒岳珊過來了，救護車也來了，原來小劉無法站起來，他一站起來就直嚷著頭暈想吐，沒人敢動他，只好請醫院派救護車過來。

而狹隘的樓梯是個問題，救護人員費了好大的功夫，才把小劉帶了下去，送上救護車，然後離開。

攝影師走了，新郎新娘沒戲唱了，又回到原來的婚紗店。

「阿光、小君，這次真的很抱歉。」鄒岳珊又在做同樣的動作，她跟他們行禮。

阿光臉色難看，他喝下店員送來的茶水，難得說重話：「鄒小姐，如果再這樣的話，我們就要換一家拍了。」

鄒岳珊嚇了一跳！趕緊道：「阿光，別這樣，剛才不是拍得很順利？」

「哪有？我們還有兩套服裝沒有拍完！」小君也抗議起來。

「我們已經幫你們計劃好了，接下來就要拍外景，你們這樣半途而廢，我們很為難。」

「發生這麼多事，一般人都不拍了。」小君不滿的道。

「這些都是意外，再給我們一點時間，等拍完就好了。這樣吧！我再免費多送你們十張照片，請你們把照片拍完。」鄒岳珊又發揮她的三寸不爛之舌，不過照片已經不是能動搖阿光的心了。

「這不是送不送照片的問題，我們並不在乎。我想我們應該挑個更安全的地方，免得又發生事情。」阿光含蓄的道，已經表露他的不悅。

「阿光……」鄒岳珊利誘無效。

「小君姊。」白白突然走了出來，對著小君，可憐兮兮的道：「求求你們把婚紗照拍完嘛！如果你們不拍的話，老闆會罵我們的。我只是個工讀生，搞不好到時候我會被炒魷魚！」

「白白？」小君看著她，一時不知該說什麼？

「拜託妳嘛！再過幾天，拍完就沒事了。好不好？」白白低著頭，看起來像要哭的樣子，那委屈的模樣像是被欺負的小孩，令人心疼，小君向來心軟，白白又這樣要求，她無法拒絕，脫口而出：

「我知道了，拍就是了。」

「小君！」阿光責難的看著她。「萬一又有事的話……」

「不可能會有事的！」鄒岳珊連忙搶話：「我們絕對不會再讓任何意外發生，拜託你們把婚紗照拍完吧！」

「可是……」

第五章　拍照

「拜託你們了。」她低聲下氣。

小君和阿光互望了一眼，算是應允了，而鄒岳珊則和白白交換了眼神，示意她剛才那招做得很好，最近這幾次和小君相處下來，約略知道她的個性，小君這麼心軟，對她動之以情就對了。

※　　※　　※

他們會不會太好心了，人家隨便說一說，就又答應了。小君躺在公司宿舍的床上，也受不了自己的耳根子怎麼那麼軟，被白白一說，竟然又答應了？

可是如果害白白被罵，或是身為工讀生的白白丟了工作，她也過意不去。

她實在心地太善良了，看到白白那副模樣，就不忍拒絕了。小君自我解嘲，看來她得多練練自己說不的機會才行，不要等到答應後又後悔。

「小君。」錦文的頭從外面探了進來，神秘兮兮的。「妳看誰來了？」

小君疑惑的的走了出去，見到佩青，驚訝的張大了眼睛。

「佩青，妳怎麼來了？」

「來看妳們呀！」佩青眉開眼笑。她從結婚之後，就辭去工作，在家當家庭主婦，今天有空，就過來看看以前的老同事，也跟她以前的姊妹淘碰面。

「哇！好久沒有看到妳，怎麼樣？妳老公對妳好不好呀？」

「還可以啦！可不可以進去坐？我有帶點心來喔！」佩青揚起手中的袋子，立刻被請了進去。

秀娟最後一個進來，順便把門關上，要不然幾個女生開講的功力，可是會傳到八百里之外。

「哇！佩青，好久沒看到妳了，我還以為妳忘了我們呢！」小君熱絡的道。

「哪有？我平常來的話，妳們在上班，週末的時候，我要陪我老公回去看公婆，今天是我公婆出國去玩，不用回去，我就溜回來看妳們了。」佩青邊說，邊把袋子裡的食物拿出來跟大家分享。

「結婚這麼慘，要去哪裡都不行嗎？」錦文咬著洋芋片問道。

「也不能這麼說啦！只是會自然而然，以家裡為主。先不講我了，小君，聽

第五章　拍照

說妳也要結婚啦？恭喜喔！什麼時候啊？」

「還沒啦！」小君拿起一罐可樂喝了起來。

「不是都去拍婚紗了嗎？」

「我們是先拍，結婚的日期大概是下半年，還沒有確定，只是想先把婚紗拍完而已。」

「妳好隨興喔！」

「還好啦！」

佩青跟她老公從求婚到結婚，中間只有兩個月。在這兩個月內，完成所有事情。

「對了，妳在哪裡拍婚紗照呀？」

「離妳拍的那間店還滿近的，叫『千葉風采』。」

「『千葉風采』？」佩青愣了一下。

「怎麼了？」小君看她的表情不對勁。

「你們怎麼會挑到那一間?」

「那間有什麼不對勁嗎?」秀娟問道。

「那間聽說之前出過事,有個新娘子本來在拍婚紗照,結果她的未婚夫劈腿的對象,不知道從哪裡得到消息?跑到婚紗店裡大吵大鬧,還拿出預備好的刀子,朝新娘子砍殺,這件新聞當時鬧的很大,喧騰一時。」

小君一愣,她放下飲料,被刀子砍殺的新娘……佩青所敘述的場景為什麼好熟悉?

「怎麼那麼恐怖呀?」錦文叫了起來!

「對啊!聽到這個消息,我都不敢去那間看婚紗,不過我也沒機會去那間啦!因為我到另外一間的時候,就被裡頭的小姐困住了,後來就直接在裡頭拍婚紗了。」佩青笑了起來,這些銷售的小姐個個都是一級棒呀!

「這是什麼時候發生的事情?」小君問道。

「大概一年多前發生的事吧!我不是很確定。而且聽說去那間店的新人,都會遇到怪事，其他的店都說是死去的新娘忌妒其他的新人，故意破壞他們的幸福。」

「好恐怖喔！」錦文打了個哆嗦。

「而且呀！如果別人要破壞幸福的話，那個新娘也會給他好看喔！曾經有個小偷要進去偷東西，結果聽說天花板的水晶燈掉下來，把他砸死了。」

不知為何，小君想起芳華，她也是因為偷走其他人的幸福，才遭不測嗎？

只聽佩青繼續說著：「沒想到那間店還在呀？我還以為遇到這種事，那間店早就倒了。」

「那個新娘……長什麼樣？那時候穿什麼樣的婚紗啊？」小君突然想到這個問題。

「我不知道，不過那時候的報紙，應該有刊登她的照片出來吧？要不然網路新聞也有。妳幹嘛問這個問題？」佩青疑惑的看著她。

「沒有什麼，好奇而已。」

第六章　外景

佩青的話，讓小君心頭蒙上一層陰霾，新娘子被刀子砍殺的場景，不斷在她眼前浮現。

在拍婚紗照的當天，被砍一定很痛吧？那不只是肉體上的痛楚，還有心靈上的疼痛，在自己的重要日子被砍殺，多麼令人難過，尤其兇手是新郎劈腿的對象。

所以她才妒忌其他新人，因為他們可以得到幸福，而破壞幸福的人，也要受到處罰。

其實這樣想來，還有點悲哀。

她在幹什麼？這個新娘把她嚇得要死，她竟然還覺得她可憐？小君受不了自己，她又同情心泛濫了。

第六章　外景

「好囉！可以走了！車子來了！」鄒岳珊對著她叫著。

小君站了起來，白白則幫她把婚紗裙底撩起來，讓她方便行走。而小劉則開著車過來，阿光站在門口，等小君坐了上去之後，幫她關上門，他才繞到另外一邊，坐了進去，白白則將待會要用到的東西，放在後座。

上次小劉被打到頭，送到醫院後，確定沒有大礙，又回來工作。那件事對他來說，不過是插曲。

今天是他們拍外景的日子，地點在某所大學的校園。該校風景優美，常有不少新人前去取景，他們也不免俗，來到了這所大學。沒辦法，臺灣就那幾處場景能拍照，他們又沒要求特定地方，就讓婚紗公司的人，帶著他們抵達目地地。

車行約莫四十多分鐘，小君下了車，可以察覺到不少人的目光往她看來。以前在路上遇到新娘時，總是會忍不住多看一眼，現在自己成為別人矚目的焦點，她有些害羞，又有些得意。不管怎麼樣，今天她一定是最美的。

「來，我們到那邊去。」小劉指著校園中央有著以各色花卉排列而成的心型圖案，作為新人受歡迎。

小君和阿光兩人坐在花卉前面，白白幫新娘子把裙子擺好，趕緊去拿打光版，把光線打在他們身上。

小劉按下快門，為他們留下一張又一張的紀念。

除了花圃之外，樹木蓊鬱，青草霏霏，都是他們取景的場所，小君努力保持微笑，她快笑僵了。美麗是一回事，但要維持不動的姿勢，可就累人了，她發誓除了這次之外，她再也不拍婚紗照了。

「好了，我們到湖邊那兒去。白白，收東西。」小劉望著照相機，透過鏡頭看著風景，相當滿意。

「是。」

「來，我們走吧！」小劉熟門熟路，看得出來他常帶新人們來這拍照，要取那些景色胸有成竹。

第六章　外景

小君由阿光攙扶著，她埋怨道：「到底還要拍到什麼時候才會拍完？」

「快了、快了！」

「什麼快了，我們已經拍了兩個多鐘頭。」他們一早就出發，拍到現在，都已經要中午了。太陽毒辣，她臉上的妝又重，對不慣化妝的小君來說，已經造成負擔了。

「應該快要結束了，剛才出發的時候，我向小劉問過了，最後一個點在這裡。」阿光安慰著她。

「到了。」

小君看著眼前的湖水，碧波蕩漾，波光粼粼，兩邊青翠的樹木花草倒映在湖中，若從這裡拍照，頗有湖中精靈的味道。

「來，你們站在這裡。」小劉說道，他帶著兩人，要求他們站在湖畔旁邊。

小君依著他的話站好，白白則將她的長裙，整理出一個最美的弧度，然後離開鏡頭前。

小劉利用廣角鏡頭，準備將湖面納入，要將這水色世界，帶入他的作品中。

咦？那是什麼？小劉看著小君擺在地上的白紗裙擺，似乎有什麼動靜，剛才鋪好的弧度又變了。

「白白，把裙子再整理一下。」他吩咐助理。

「咦？」白白看著眼前，剛才她不是才鋪平，讓白紗有個完美的圓形弧度，怎麼又變亂了？她上前準備整理，咦？那是什麼？白白不確定自己是不是眼花？她看到一個類似人手的東西，從水裡伸出來，將裙子扭成一團，然後迅速的往下拉——

「啊！」

倏然！小君像被什麼東西拖走，掉到水裡面！阿光來不及抓住她！只能眼睜睜見到她落入水裡，濺起高高的水花，然後不見蹤影！

「小君！」

※　　※　　※

第六章　外景

怎麼搞得？她怎麼在水中？小君感到自己被奇怪的力量拖入水裡，她來不及叫，只來得及在落水之前，憑反應憋了一口氣。

高中時她是游泳健將，曾代表學校得過名次，也受過反應訓練，所以突如其來落入水中，她還有能力自保，只是怎麼會掉落水中？在岸上的時候，她明明離水邊還有半公尺的距離呀！

而且這身白紗吸了水好重，她如果想要爬上岸的話，必須要將這身白紗脫掉。

她得趕快游上岸，不過當今之急，得想辦法脫掉這身妨礙她活動的衣裳，突然她的手臂被人擒住，小君轉頭一看，嚇得差點把氣溢出，但已經有半口氣隨著泡沫離開了。

依舊是太白的妝容，還有紅豔豔的唇辦，髮飾和白紗都和小君先前所見到的一樣，整件新娘裝在水底飄移，像是巨大的水母，而她手上那把刀，就像是水母的毒刺！

是那個夢裡的新娘！她追到這裡來了！

不過這不是夢，這是真的！小君恐懼的看著眼前的新娘，不明白她為什麼會追到這裡來？她不是應該在她的惡夢中嗎？

小君想要逃開，她知道，如果她不逃的話，不是被新娘殺掉！就是被水淹死！

她轉身想逃，那個新娘的刀子已經刺了過來，由於是在水中，水的阻力擋住了攻勢，小君才有機會閃開。

見刺不中！那個新娘又再刺一次，小君撥開她的刀子，想往岸上游去，但她肺部的空氣不夠，不知道還能撐多久？逃到岸上都有困難，更何況還被這個新娘追殺！

來人啊！救命！來人啊！

小君沒辦法喊叫，她如果叫的話，空氣就會流失，不叫的話，那名新娘不斷攻擊，小君無法雙面兼顧。

第六章　外景

她還沒有完成夢想，就要死了嗎？

這時候，她看到了阿光！他已經褪去了西裝外套，跳下水，向她游了過來。

阿光也看到那個新娘了，他一愣，游到小君身邊，將她帶開，而那個新娘拿著刀追了過來。

阿光不可思議的看著眼前的新娘，水底為什麼另外會有個新娘？

他帶著小君往岸上游去，而那個新娘追了過來，拉住小君的裙子，而本來襯托每個女人的無瑕白紗，此刻卻變成她的累贅！

小君拚命踢腳，想將那個新娘踢走，但她卻緊抓不放，阿光放開小君，潛了下去，朝那個新娘的臉部捶了一拳！

那個新娘似乎哀嚎起來！終於鬆了手，阿光趁機帶著小君，衝出水面！

小君吐出最後一口氣，她的體內沒空氣了，她的身體又重，整件白紗又拖累，她無法游到岸上……

刷！

阿光帶著兩人，浮到了水面，他要帶著小君已經有點吃力，而兩人的衣服更是累贅。

「快點幫忙！」他大吼著！

小劉和白白連忙伸手，將兩人拉起來，而在大學裡的學生或行人，也紛紛跑過來，把阿光和小君帶到岸上。

阿光渾身溼漉漉的，但他更焦急的是：「小君？小君？」

小君全身都溼了，她的妝容、她的頭髮，她的衣服，全都亂七八糟、狼狽不堪。

她拚命的大口吸氣，想要補足剛才的缺氧狀態。

「小君？」一直見她不語，阿光擔心的問道。

好不容易補足空氣之後，腦子終於清明些，想到剛才水中的場景，這時候她的恐懼湧了上來，小君感到疲憊，她哇的一聲！哭了出來！

「阿光！」她倒在阿光的身上。

「好了、好了！沒事了！」

小君趴在他的身上，不斷的大哭。原本是開開心心的出來拍照，卻落到水裡，還被那個新娘追殺，他們到底遇到什麼事？

「你們看！」

「那是什麼？」

旁邊的人驚呼起來，眾人把視線移到湖面，原本波光粼粼的湖面，湧出了紅色的液體，像是……鮮血，把整個湖面都染紅了。

※　　※　　※

小君和阿光坐在車內，小劉載著她還有白白回去，幾個人的臉色都很差，尤其是湖面冒出來的血液，到底是怎麼回事？還好婚紗照也拍的差不多了，眾人回到了婚紗店。

鄒岳珊接到了消息，小君他們一下車，她就趕緊過來。

「小君，妳還好嗎？」

小君臉臭臭的，一路走進婚紗店裡，沒有應答。

「你們衣服都溼了，要不要先換衣服再說？」他們是穿自己便服過來，再換上婚紗店的禮服。

兩人換過衣服，白白拿來吹風機將他們的頭髮吹乾，容姊也幫小君把妝都卸乾淨，還她本來面貌。

「我們的合作關係，就到此為止了。」阿光嚴肅的道。雖然他不去忌諱婚紗店所發生的晦事，但最近所遇到的事，都讓他不得不謹慎，而且剛才的事，實在太詭異了。

他們還在周圍找了一下在湖中見到的那個新娘，沒有她的蹤影，跟校方反應，也請警方來打撈，湖裡頭根本沒有人。

這麼邪門的事，讓阿光也不得不相信起來，有些事，的確是無法理解的。

「這是意外……」

「就算是意外，我們也不想再來一次！」先前是許文耀墜樓，再來是小劉被

第六章　外景

砸到頭部緊急送醫，現在連小君都出事，他可不願拿自己老婆開玩笑。

「阿光……」白白走了過來，不知道跟鄒岳珊說什麼，鄒岳珊表情一緩，似乎鬆了氣，她說道：「這樣吧！你們先回去休息，等相片出來的時候，我們會再通知你。」

「相片已經拍好了？」小君抬起頭來。

「對，已經拍的差不多了，你們等到相片洗好時，再過來看就可以了。」鄒岳珊的語氣似乎輕鬆了許多。

他們最主要的目的，就是要婚紗照，現在已經完成了，他們也可以離開了。

阿光想到當初一時心軟，答應他們拍照，如果不答應的話，什麼事都沒了。

「既然這樣的話，我們就先走了。」既然都完事了，離這件事越遠越好。

「要不要先喝杯茶？」

「不用了。」阿光拉著小君，離開了婚紗店。鄒岳珊送了出來，不過此刻她的多禮，都覺得多餘。

拍照會遇到這麼多倒楣事，他們大概是最衰的新人了。

而從婚紗店出來，小君的臉色很不好看，阿光知道早上落水，她的臉色當然好看不到哪裡去。而且都已經兩點多了，他們還沒吃東西。

「那是怎麼回事？」阿光吐出。

「什麼？」

「湖裡面發生的事呀！妳怎麼會跌到水裡面去？」阿光疑惑的問道。他記得他們雖然離水很近，但還有數十公尺的距離，四周又相當平坦，小君怎麼會掉到水裡呢？

「我、我不知道……好像有人拉我的婚紗，我才掉下去的。」

「有人拉妳的婚紗？」阿光也錯愕了。

「對啊！好像我的裙子被拉住，然後我就掉到水裡了。」想起水底那個拿刀的新娘，她不寒而慄。「你沒看到嗎？在水底的時候，她還拿刀要殺我？阿光，你記不記得我曾經跟你講過，我夢到有人拿刀子追殺我，就是那個新娘。」

第六章　外景

「這太荒唐了！」阿光喝斥著。

「我知道很荒唐，夢裡的新娘怎麼會出現在現實呢？可是你也看到了，不是嗎？」

阿光沉默不語，他沒辦法否認。

水裡會出現個新娘，已經很詭異了，何況她還是小君夢到的新娘，整件事都叫人難以置信。不過事實擺在眼前，就算他們疑惑，也不得其門而入。為什麼他們會遇到這種事？

「先回去再說吧！」

※　　※　　※

最近的事情，只是單純的意外嗎？還是有所關聯？想起夢裡的新娘，水底追殺她的新娘，至今想來，仍不寒而慄。

她是不是該到廟裡燒個香？小君思索著，她不求別的，只盼平平安安。

兩人騎著機車，來到了婚紗店之後，阿光將機車停在店門前，和小君走了進去。

和其他家婚紗店對照之下，他們所選擇的婚紗店依舊冷清，鄒岳珊看到他們，迎了上前。

「小君，你們來囉！來，這裡坐。」她招呼他們到位置上坐，馬上有人端出茶水。

鄒岳珊也在位置上坐下來，轉頭吩咐：「碧玉，把照片拿出來。」

「來了。」另外一個小姐拿著照片走了出來。

「照先前所講的，本來是三十六組照片，我再多送你們十組，你們可以選四十六組照片，還有，因為要裝訂成冊，所以你們要挑一張當封面。內頁美工我們會去設計，也會提供光碟給你們。」鄒岳珊接過小姐手中的毛片，交給他們。

雖然說挑四十六組，但照片起碼照了七、八十張，小君看得眼花撩亂，覺得照片上的女人美得不像話，都不像她了。

第六章　外景

「這張不錯，這張也拍的很好看。」看著美豔的自己，她的心情好多了。

「當然囉！男的帥，女的美，拍出來當然都好看囉！來，你們慢慢看，選好了再跟我們講。」鄒岳珊站了起來，離開位置。

小君拿著照片，不知道要選那張好？

「阿光，你覺得呢？」

「有四十六組照片，慢慢看囉！」

「這張不錯，這張也不錯，哇！每張都照得好好看喔！」小君看著她和阿光的婚紗照，每一張都愛不釋手，難以取捨。

「喜歡的話，就慢慢看。」婚紗店的助理笑臉吟吟。

小君喜孜孜的看著照片中的自己，沒想到化了妝，她還滿上相的嘛！雖然明知道這是攝影師的功勞，再加上打光的關係，但想到自己能呈現出美麗的一面，心裡還是滿開心的。

「阿光，怎麼樣？你覺得如何？」小君推了推他。

阿光沒有回答，臉色呈暗青色，兩眼盯著手中的婚紗照，不發一語。見他的樣子奇怪，小君將他手中的照片奪了過來。

「這是……」小君也愣住了。

那是一張歐式風格的照片，她和阿光分別穿著公主與騎士的裝扮，她坐在華麗的躺椅上，阿光則站在椅子後面，從她肩頭上摟住她，十分親暱，兩人對著鏡頭笑得好燦爛，而後面則為宮廷的布景。

拍攝的當天，除了攝影師和助理之外，就只有他們兩人了，但是照片上有個穿著白紗的新娘，有張模糊不清的臉，站在他們後面。

「啊！」

小君跳了起來！臉色發白，原本正在櫃檯的鄒岳珊走了過來。

「小君，發生什麼事了？」

「照、照片……」

「照片怎麼了？」鄒岳珊疑惑的將她手中的照片拿了過來，臉色大變！她轉頭罵著拿照片過來的助理，大罵：「妳是怎麼回事？怎麼拿這張照片出來？照片拿過來的時候，妳沒有檢查嗎？」

「我、我……」助理被她罵到快哭了。

「快點！把所有照片收走！」鄒岳珊驚恐的道，像是要湮滅證據似的，要助理把其他照片拿走，欲蓋彌彰的舉動已經讓阿光起疑，他厲聲的問道：

「這到底是怎麼回事？」

「你們如果不滿意的話，我們可以重照。」

「這不是重不重照的問題吧！」阿光將照片從他們手中抽了回來。「這張照片，到底怎麼回事？」

「啊！這個……」鄒岳珊眼眸亂轉，不敢正視他們。「一定是曝光的關係。」

「是曝光嗎？」

「這個新娘子我看過，我掉到水裡的那一次，她也在水裡！」小君不滿道。

那襲婚紗，她太熟悉了。

「什麼？雅婷也在那裡？」旁邊的助理叫了起來！立刻被鄒岳珊惡狠狠的瞪了一眼。

「雅婷？」

阿光和小君面面相覷，而助理發現自己說錯話了，連忙捂住嘴，她藉著收拾滿桌照片來掩飾不安。

「雅婷是誰？」阿光卻沒有放過她。

鄒岳珊也低下頭收拾照片，沒有說話，小君也追問著：「雅婷是誰？是這個照片中的新娘嗎？」

鄒岳珊收拾好所有的照片後，準備離開。

小君突然想到佩青的話，這間婚紗店，曾經發生過命案。她脫口而出：「她跟那個在你們這裡被砍殺的新娘，有什麼關係？」

鄒岳珊的身體僵住了，現場所有人動作都停住了，現場一片嚴肅。

小君的話像是某把鑰匙，啟動了某件事的開關。

阿光並不清楚，他疑惑的看著小君。

「怎麼回事？」

小君沒有回答，她緊盯著鄒岳珊瞧，鄒岳珊終於放棄了。

※　　※　　※

「雅婷跟她的未婚夫是在我們這裡拍攝婚紗的。」鄒岳珊把玩著手裡整理好的照片，坐在角落。他們離店裡的員工有段距離，音量也壓低，但她們明白鄒岳珊正在講什麼。

「雅婷？是照片裡的女人嗎？」小君問道，這個名字好熟悉，不過雅婷是菜市場名，到街上隨便一喚雅婷，都會有七、八個轉過頭來。

雖然陽光從玻璃窗照進來，但卻感受不到暖意。

「對。」鄒岳珊看著照片裡，那張模糊的臉，雖然不是很清楚，但仍辨得出輪廓。

「到底發生什麼事？」

鄒岳珊抬起頭來，眼睛望向遠方。

「那一天，雅婷跟陳建軍來拍婚紗……」

「陳建軍？」這個名字砸了下來，小君忍不住驚呼起來！

「怎麼了？」阿光轉頭看她。

所有的記憶，在這時候傾巢而出！小君彷彿抓到甚麼重點，腦筋迅速整理思緒。

「你記得先前我跟你說過，有個男的在追我嗎？那個男的就叫陳建軍。」

「是他？」阿光臉色立刻變得很難看。

「不過我不確定是不是這個陳建軍？追我的那個陳建軍，聽說他很花心，而且來跟我嗆聲的那個正牌女友，好像也叫雅婷？」

阿光眉頭一皺，這個陳建軍先前騷擾過他的女朋友，現在他死去的新娘子竟然又來騷擾？

「這麼巧？」鄒岳珊驚愕極了。

「我不確定是不是同一個人？說不定只是剛好名字一樣。妳繼續說當初發生了什麼事？」她的猜測日後再證實。

「好，」鄒岳珊繼續說了：「那時候他們就在二樓準備拍照，後來，那個女人來了。」

「哪個女人？」

「是陳建軍的另外一個女朋友，原來陳建軍同時跟兩個女人交往，或許不只吧？」鄒岳珊看著小君，知道這個男的比她想像的還要花心。「最後他選擇了雅婷，並跟她求婚。」

「拍照的當天，那個女人來了，我後來看報紙才知道她叫艾咪，當時我們以為她只是要找人，告訴她建軍他們在二樓，她走了上去。」鄒岳珊陷入回憶，她說到這裡，停頓一下，聲音充滿著恐懼：

「我們怎麼也沒想到，艾咪的皮包藏著刀子，看到雅婷之後，就上前猛砍。」

跟佩青講的都一樣，小君繼續看著她。

「我們聽到聲音，所有人都上樓去看，那時候雅婷才剛換好衣服，連照片都還來不及拍，雅婷身上好幾刀，她的血流了好多，整個攝影棚都是血……」

「後來呢？」阿光追問著。

「沒有人敢上前，艾咪像瘋了似的，不停朝雅婷刺殺，在救護車還沒有來之前，雅婷就已經斷氣了。」

小君摸著裸露在外的手臂，雞皮疙瘩都起來了。

「從此以後，我們店裡不得安寧。只要關店之後，二樓就會有奇怪的聲音，要不然就是來拍照的新人，發生奇怪的事。」

「啊！那上次有個新娘在這裡割腕？」小君叫了起來！

「對！像這種事層出不窮，可想而知，漸漸的，沒有新人上門。你也知道像我們這種店，如果沒有新人上門的話，就要關門大吉了。」

「所以你們就用低價促銷手法，誘使不知情的民眾上門？」阿光的臉色難

第六章　外景

看，嚴厲的指責。

「不能確定所有意外，都跟這件事有關。」鄒岳珊辯解著。

「那這張照片怎麼說？」阿光從她手中，抽出雅婷站在他們身上的那張照片。

鄒岳珊別過頭去。「我知道雅婷死在這裡沒有錯，但並不代表所有的新人就會出事。」

「那我差點被淹死怎麼說？還有那些被追殺的夢！」想到這裡，小君的背彷佛感到疼痛。

「我不知道！我只想挽救店面。」

「妳想挽救店面，可是卻害了其他人，那個割腕的新娘怎麼說？我差點淹死又怎麼說？」

「不能說就是雅婷作祟……」

「妳不是說店裡常發生奇怪的事情嗎？」小君截斷她的話，憤怒道，鄒岳珊再伶牙俐齒，也知道無法說服他們。

「我知道發生這些奇怪的事，的確讓人很不安，但是，店還是總得生存下去啊！不能因為這些事就被打垮！況且，她會追殺妳，搞不好因為她的未婚夫曾經追求過妳，妳是她的情敵呀！」鄒岳珊反擊！她相信她沒有錯，怪事的確不斷發生，但捍衛自己的店下去也沒有錯啊！

「妳、妳不要太過分！」小君氣的臉色都發青了。鄒岳珊這樣講，好像會遇到這種事，都是她的錯？

「事情就到此為止了。」阿光開口了，他對鄒岳珊推諉的態度感到很不滿。鄒岳珊也許沒有錯，但他們又何其無辜。「照片已經拍好了，我們答應的事情也結束了。至於這些照片，請妳把我們要的照片做好之後，交給我們。」整件事也告一個段落，他們不會再來了。

「好。」

事情，結束了吧？

照片洗出來後，兩人又找了個時間去拿走他們的婚紗照，在有了瀕死經驗後，唯一能安撫他們的，便是唯美的婚紗照，那是他們付出差點死亡的代價所獲得的。

而那張靈異照片，被鄒岳珊抽走了。

小君不在乎鬼照片被抽走，她只在乎，還給她一個安靜的空間。就算陳建軍曾經追求過她，但那是很久以前的事了，而且她也沒有接受，雅婷這樣一直騷擾，讓她很困擾。

現在她已經離開那間婚紗公司了，雅婷不會再纏著她了吧？希望如此。小君把婚紗照相簿、光碟放在床頭櫃，先睡覺，明天再來收拾吧！最近被這些事搞得很煩，覺都沒辦法好好睡呢！

小君閉上眼睛，迷迷糊糊的，她覺得自己像是睡著了，又像醒著。

她在一層又一層的白紗中奔跑，糾纏在有白色蕾絲和白色緞帶的白帶中，那些無瑕的、聖潔的白紗，是多少女人的渴望。

那層白紗中，站著一個女人，這些綿延無際的白紗，似乎是她的婚紗，裙擺好長好長，將整個地面都蓋住了。

是雅婷嗎？小君驚疑的不敢上前，而眼前的女人轉過頭來，竟然給了她一個微笑？

小君感到身體發冷，而眼前的女人拿著刀子，不知道在刺什麼？小君看不清楚，只見滿天都是飛揚的紙片。

然後那襲白紗，在轉眼之眼，迅速被染紅！

小君醒了過來。

這次沒有夢到追殺，沒有死亡，卻還是睡眠不足。小君有些昏沉，她坐了起來，天已大明，再睡下去恐怕來不及上班，她乾脆先去盥洗。

第七章　婚紗照

下意識往床頭櫃一瞧，咦？她的婚紗照呢？

小君愣了會，清醒過來！她昨晚睡覺前，不是把照片，還有相簿、光碟都擺在一起嗎？怎麼不見了？還是她記錯了，收到櫃子裡了？

小君把她的抽屜、櫃子，都打開了，但都沒有照片的蹤跡。照片呢？她的婚紗照呢？小君急了，她正在尋找的時候，有人敲門了。

「來了。」

小君打開門，是另外一個寢室的同事。

「小君，這……是妳的嗎？」那個同事遲疑了會，還是把手上的照片交給了她。

小君看到她手中的東西，差點沒暈過去！

「怎麼會這樣？」她將相簿搶了過去！發現相簿上頭，被人用尖銳物品，劃了個大大的叉叉。

「那裡還有。」

小君看到走廊上，散落著她和阿光的婚紗照，照片裡，他們笑得好開心，但每一張照片，都有被刀子劃過的痕跡，破壞他們的臉蛋，毀壞他們的夢想。

「怎麼這樣……誰做的？」小君的眼眶湧上淚水，她蹲了下來，把照片撿起來。

兩邊的門開始被打開，已經六、七點了，大都是起床準備去梳洗的人，當她們開始看到滿地被破壞的婚紗照時，不禁錯愕起來。

「怎麼回事？」

「誰弄的？」

「小君，妳還好吧？」秀娟蹲到她身邊。

小君沒有說話，她咬著下唇，忍不住哭了起來，她原本很期盼有個美美的婚紗照，在最美的時候，為她的愛情做見證。可是現在全都毀壞了，她以為所有事情都過去了，卻還沒終結。

「是誰搞的鬼？」秀娟對著其他人問道。

第七章　婚紗照

「不知道，我們出來就這樣了。」

「誰那麼惡劣？把婚紗照割成這樣？」

「太過分了。」

同事們幫她把地上的照片撿了起來，有人在垃圾筒發現無法使用的光碟，大家把東西還給她，卻無法給予安慰，對女孩子來說，婚紗照可是很重要的東西呀！

秀娟整理好東西，帶著小君走回她的房間。

「我、我的照片……」小君啜泣著。

「妳知道是誰做的嗎？」

「不知道。」

「妳沒有收好嗎？」

「我明明放在房間的。」小君往床頭櫃看，她昨天躺在床上看，然後累了，就把東西往床頭櫃擱著。

會有人進來嗎？她明明鎖門了。

而且剛剛在找婚紗照的時候，她看過自己的皮包，裡頭的現金和證件都沒少，為什麼只有她的婚紗照被破壞？

「先把這些收好，看能不能找出誰做的？」秀娟嘆了口氣。「妳先整理一下，要上班了，東西收好喔！我們中午再說。」

「嗯。」

秀娟離開之後，小君再把房間檢查一次，真的只有她的婚紗照出事，其他東西都安然無恙。

到底是誰這麼狠心？

※　※　※

一整天，小君的心情都很差，婚紗照對每個新娘來說，都有著特殊意義，會將婚紗照破壞的，到底是什麼……人？

是雅婷嗎？小君腦海閃過夢境，滿天飛揚的紙片，會是她的婚紗照嗎？但

第七章　婚紗照

是她已經離開婚紗店，也沒有再繼續拍照了，雅婷還會繼續糾纏她嗎？

她糾纏她，到底有什麼意思？因為陳建軍曾經追求過她嗎？所以雅婷要報復嗎？她和她唯一的交集，也只有陳建軍而已，只因為她被陳建軍追求過，又剛好進入那間婚紗店，她就被雅婷纏上嗎？

雅婷妒忌她嗎？妒忌她擁有幸福？她可以和阿光在一起，雅婷卻連一張照片都沒辦法和陳建軍合影……

「啊！」

小君想到什麼，突然跳了起來！員工餐廳裡所有的人，都往她這邊望過來。

「小君，妳在幹什麼？」和她同桌的錦文嚇了一跳！

「我有點事，出去一下。」

「下午還要上班耶！」

「幫我請假一下！」

小君朝外頭走去，她心中有個想法，不過不是很確定，如果是這樣的話，或許可以把雅婷的事解決。

坐上公車，她來到了婚紗店，看到婚紗店的鐵門關了一半。明明還在營業時間，鐵門卻拉了下來，這是怎麼回事？小君彎下腰，從半開的門走了進去，裡頭還在忙碌。

見到有人上門，裡頭的員工顯得訝異，白白看到她時，驚訝的叫了起來！

「小君姊，妳怎麼來了？」

「妳們在做什麼？」小君看到她們在收東西。

「老闆說要收起來，不做了，我們也要失業了。」白白黯然的道，其他人也都悶悶不樂。

「不是說還有點時間？」

「可是都沒業績，有時間也沒有用。」

「小君，妳怎麼來了？」鄒岳珊聽到樓下的講話聲，從樓上走了下來，見到她也是相當訝異。

第七章　婚紗照

「我有點事想問妳。」

「什麼事？」

「有關雅婷的事。」小君話一開口，發現她的話比冷氣更冷，氣氛頓時降了下來。

鄒岳珊也不解的看著她，他們已經拍完照了，照片也拿走了，為什麼又提到那個新娘的事呢？

「怎麼了？又發生什麼事了？」

「妳看這個。」小君拿起被刀子割壞的照片，鄒岳珊以為她來勒索，馬上說道：

「照片交給你們的時候，是好好的，現在要求賠償恐怕沒有辦法囉！」

「我不是在跟妳說賠償的事情，我是想問妳，雅婷在這裡的時候，有拍婚紗照嗎？」

「她是來這裡拍照的呀！」

「我的意思是，我好像記得妳說過，雅婷來不及拍照，就被殺了？」

「對。」

「當時的攝影師是誰？」

「是文耀。」那個已經墜樓的攝影師。

「真的連一張照片都沒有嗎？」

「沒有。」在旁邊的白白開口了：「那次的事情我記得很清楚，我才剛幫雅婷換好衣服，他們站在攝影棚中間，正在討論要擺什麼姿勢，那個叫艾咪的女人就衝了上來，不由分說，就拿著刀子往雅婷的身上刺。」那次的兇殺案，白白也在現場。

「所以雅婷一張婚紗照都沒有？」小君再次確定。

「妳到底想說什麼？」鄒岳珊覺得不耐煩。

「我想說的是……」小君忽然環視四周，裡頭的店員都是女人，她對她們詢問：「為什麼一定要拍婚紗照？結婚不是兩個人的事嗎？只要去戶政事務所辦

第七章　婚紗照

個登記就好了，為什麼要拍婚紗照？」

「意義不同啊！」其中一個店員叫了起來！

「有什麼不同？」小君反問。

「可以讓自己漂亮，為什麼不拍婚紗照？而且這是人生大事，一定要留個紀念。」

「沒錯！沒錯！要不然平白嫁給老公，卻什麼記憶也沒留下來，不是很沒意思嗎？」

「不過拍完的婚紗照，根本都放在櫃子裡發霉了。」其中一個年長，看起來已婚的店員中肯的道。

「就算這樣，我結婚的時候，我還是要拍婚紗照。我可以告訴我的小孩，他們媽媽也有這麼年輕美麗的時候過。」另外一名較年輕的女店員說道，她的話讓凝重的氣氛沖淡了不少。

「所以我的意思是，婚紗照對女人，有一定的意義，是不是？」小君看著鄒岳珊。「那麼雅婷呢？」

鄒岳珊愣了會，了解她的意思。「妳的意思是……她也想拍婚紗照？」

「賓果！」

「怎麼可能？她都死了……」

「就是因為死了，沒有辦法拍照，所以她才怨恨吧？」怨恨著自己還得不到幸福，就已經死亡，所以在這裡作祟，讓每對來這裡的新人，都感到不安，甚至對她這個情敵能夠獲得幸福，更是妒忌。小君惴測著她的想法：「她會不會希望自己也有一張婚紗照呢？」

幾個女人竊竊私語起來，討論著這個可能性。

「她已經死了呀！」

「幫她照一張如何？」小君開口。

鄒岳珊的表情由白到灰，她表情難看到極點！「妳在跟我開玩笑嗎？」

「我只是在解決事情。要不然她一直跟在大家身邊，都沒辦法做事吧？」

「小君姊，妳不要這樣講，好恐怖喔！」白白左右張望，尋找著不存在的人。

「妳們覺得呢？」小君問著其他人。

其餘的人不敢講話，幫鬼拍照片？太誇張了，而且還要拍婚紗照？這是前所未聞的事情，沒有人敢發表意見，全部輕聲低語，表達他們的不安。

「岳珊？」

鄒岳珊沒有講話，就這樣放棄這家店，她也心有不甘，然而小君提議的事實在太過荒唐，讓人相當為難。

「砰！」

樓上傳來巨大的聲響，由於大家都在一樓，二樓應該沒有人了，這時候突然冒出雷般的聲音，所有人都嚇了一跳！面面相覷。鄒岳珊緩緩的往上移，小君跟在她的後面，其他的人也跟著一起上樓。

整棟樓層面積相當廣闊，前半部分放著所有的婚紗，後半部分則是攝影棚，她們才一上樓，就看到滿地的婚紗！

鄒岳珊張大了眼睛，剛才下樓的時候，明明每件婚紗，都好好的掛在架子上的，怎麼不到幾分鐘的時候，在沒人的狀況下，所有的婚紗都掉下來，而且連衣架也倒了？

眾人心知肚明，誰也沒講破，只能把婚紗一件件收起來。

「剛才那件事，」鄒岳珊看著小君。「我答應了。」

※　※　※

「這樣有用嗎？」

「我也不知道，不過，總是要試試看才知道。」

鄒岳珊沒有再反對，都已經到這個地步了，還在乎失敗嗎？只能繼續走下去了。她開車載著小君，兩人尋找著手中的地址，來到了巷子之中，將車子停在地址的前面。

兩人下了車，彼此望了一眼，鄒岳珊上前按了電鈴。

第七章　婚紗照

「來了！」

從裡頭傳出女人的聲音，隨即門被打開了，一張清秀的臉孔露了出來。

「請問妳們找誰？」女人疑惑的看著她們。

「陳建軍先生住這裡嗎？」鄒岳珊開口問道。

「誰找我？」一個男人從女人的身後冒了出來，兩人愣了一下，沒想到她們要找的人，竟然就在家裡？

「陳先生，你好，你可能不記得我了，這是我的名片。」鄒岳珊把準備好的名片遞了過去。

陳建軍一看到上面的公司名稱，臉都變了！尤其當他看到小君時，更是訝然！

「妳怎麼會在這裡？」他還記得她，這個不給他面子的女人。

「我來找你的。」

「妳來找我？」陳建軍沒有忘記，這個女人一直給他碰釘子，拒絕她的追求，他對她印象深刻，才能在第一時間認出她。現在竟然又出現在他眼前？而且和鄒岳珊在一起，太奇怪了？

「方便跟你談一下嗎？」鄒岳珊開口了。

陳建軍深吸一口氣，眼前的情形不適合讓身邊的女人知道太多。「明儀，我出去一下。」

「發生什麼事？」明儀驚恐的看著眼前來找建軍的這兩個女人，不知道她們的意圖？

「我回來再跟妳講，妳在家裡等我。」

「好。」

雖然不安，明儀也只能讓陳建軍離開。

安撫好明儀後，陳建軍走了出去，小君和鄒岳珊也不敢離他太遠，跟在他的身邊。

等到確定離開家裡夠遠了，陳建軍才轉過身來。

第七章　婚紗照

「小君，妳怎麼會在這裡？」

「我是來找你的。」

小君來找他，他還能理解，或許她想對他們的感情糾葛談些什麼事情？可是連鄒岳珊也在這裡？他還記得這個女人。

「妳怎麼會跟她在一起？」

小君不知道該怎麼開口時，鄒岳珊說話了：

「陳先生，不好意思，我們來找你，是想跟你談談謝雅婷的事。」

「雅婷？」

「對。」

「雅婷已經死了，又提起她做什麼？」提到謝雅婷，陳建軍就變臉了，他激動起來，那是他心中的痛。

他即將成婚的新娘，即將成為他的妻子，卻在準備拍照的時候，死在艾咪的手中。

他承認他也有錯，不該在婚前捻花惹草，搞三捻四，甚至去沾惹到艾咪，其他的女人都很懂得遊戲規則，只有艾咪不放手。

為了讓她死心，他告訴了艾咪他們拍照的時間，以為她會就此罷手。他萬萬沒想到，艾咪會用這麼激烈的手段，來傷害他的新娘。事後，艾咪被逮補了，雅婷死了，事情過去了，為了平復心裡的傷痛，他又交了個新女友。

「我知道雅婷已經不在了，這……要怎麼講呢？」鄒岳珊也有辭窮的時候，小君見狀，連忙上前搭接話：

「陳建軍，我想請你看一下這張照片。」

陳建軍接過照片，那是一張婚紗照，裡頭的女人，很明顯的就是眼前這個女人，他不知道她要他看這張照片做什麼？

「你再看清楚一點。」

陳建軍看著這張歐式風格的照片，裡頭的新娘和新郎分別穿著公主與騎士的裝扮，新娘坐在華麗的躺椅上，新郎則站在椅子後面，而後面是宮廷的布景。

而在他們後面，有個臉孔模糊，身穿白紗的新娘。

「這……這是……」就算臉孔模糊，但隱隱約約，仍可辨出原來的面貌，陳建軍愣住了，拿著照片的手也抖了起來。

「我跟我男朋友去這間婚紗公司拍照時，發生了很多事情，我們追查之下，才發現你跟雅婷曾經在這間婚紗公司也拍過照，而且發生艾咪那件事。」小君開口了：「自從進到那間婚紗店之後，我就一直被雅婷糾纏，不只我，還有很多新人在那裡，都被雅婷干擾。」

「不，妳胡說！」陳建軍喊了起來。

「是真的，要不然你看照片，你不也覺得是她嗎？」小君看到陳建軍看到照片時，那副驚駭的模樣，可不只是震驚！

「不可能、這不可能。」陳建軍搖著頭，手卻像黏住膠水，牢牢抓著照片。

「我們也覺得不太可能，所以來跟你確認。」鄒岳珊趕緊說明。

「你們拿這個來做什麼？拿一張合成照片，要我相信那是雅婷，有什麼用意？妳們兩個為什麼會在一起？」陳建軍懷疑小君跟鄒岳珊聯合起來騙他。

「陳先生，照片是不是合成的，你可以拿去請專家檢查，我們也沒必要騙你，我們今天來這裡，是有另外一件事拜託你。」

「什麼事？」陳建軍的語氣很不好。

「我們想請你……跟雅婷拍一張照片。」

「混帳！」陳建軍氣的把照片丟掉。「要我跟一個死掉的人拍照，你們到底在搞什麼把戲？」

「我們絕對沒有戲弄你的意思，會這麼做，是有原因的。」小君急忙解釋。

「什麼原因？」陳建軍仍是怒氣沖沖。

「這可能是雅婷的願望。」

「雅婷……的願望？」陳建軍愣住了。

「是的，」鄒岳珊解釋著：「在發生艾咪那件事之後，這些日子來，店裡又發生了很多事，我們後來覺得，可能跟雅婷有關係，小君本來也是我們的客

第七章　婚紗照

人，但她跟雅婷有接觸，我們猜想，雅婷可能想要再跟你拍一張婚紗照，才會發生那麼多事。」鄒岳珊解釋著。

「妳們兩個莫名其妙。」陳建軍生氣了。

「陳建軍……」

「什麼接觸?亂七八糟，雅婷已經死了!妳們不要再講了!我已經有女朋友了，現在生活很平靜，不要再過來煩我了!」陳建軍說完，頭也不回的走了。

「陳建軍!」鄒岳珊想追上去，陳建軍已經走遠了。

「沒想到他的反應那麼大。」小君輕喟。

「看來是沒有辦法了。」這也是在她們的意料之內，只是原本要給女人夢想與幸福的場所，現在，卻被一個鬼新娘給破壞了嗎?

第八章　鬼新娘

陳建軍回到了家中，在屋子裡等待的明儀忐忑不安，見他回來後，連忙上前詢問：「建軍，剛剛那兩個女人是誰？」

「那兩個女人……不用理她們。」陳建軍不想講。

「建軍？」

「不要再問了！」陳建軍大吼一聲，看到明儀驚恐的表情，想起她是無辜的，他調整自己的呼吸，壓平語氣：「明儀，抱歉，我現在不想講這個，妳可以不要問嗎？」

女性的直覺讓明儀覺得事情不單純，但又不好問什麼，而且陳建軍的心情看起來很糟糕，現在討論不是時候。

「嗯，你今天休假，那我們晚上出去吃飯？」明儀盡量表現體貼。

第八章　鬼新娘

「好。」

「那我去換一下衣服。」明儀走進房間，去換外出衣服。

陳建軍走到窗戶，看著外頭的風景，吐出一口氣。

一年多前，他跟雅婷已經論及婚嫁，當時還沒有收心，還在外面跟別的女人交往，大家都很懂得遊戲規則，要不然就是像小君那樣的女人，根本不理他，也不會造成其他麻煩。

他以為他在婚前，還可以有個美好的回憶。

其他的女人都很識相，甚至給予祝福，只有艾咪，她不肯罷手！還糾纏著他，甚至殺了雅婷。

往事再度勾起，心頭仍是傷痛。

他承認自己不對，雅婷發生這種事，讓他心中懷著罪惡感，之後遊戲人生的態度也收斂許多。而在這時候，他認識了明儀，明儀是個宜家宜室的好女人，他才打算定下來。

他不希望之後又遇到像艾咪那樣的女人，破壞他的人生。

陳建軍嘆了口氣，他將手放到褲子口袋……

咦？這是什麼？他拿出來一看，是那兩個女人給她的照片？除了那對新人外，穿著白紗的模糊新娘，益發清晰！這張照片怎麼會在口袋裡？他驚愕的像是毛毛蟲掉到他手中，駭然的將它甩開！

「啊！」

「建軍，怎麼了？」明儀換好外出服，走了出來。

「沒、沒什麼。」陳建軍看著掉在地上的照片，踩住了它，確定明儀應該不會看到，他說：「我們去吃飯吧！」陳建軍拿了自己的手機和皮包，和明儀到車庫開車。

陳建軍先拿起遙控器，打開車庫大門，再將遙控器放下，習慣性的調一下後照鏡……那是誰？為什麼有人坐在他的車上？那人渾身雪白，臉上妝容也過分蒼白，一雙眼睛正惡狠狠盯著他！

他猛的轉過頭去，後座什麼也沒有。

「怎麼了？」坐在旁邊的明儀問道。

「沒、沒有。」陳建軍抹了把臉，踩下油門，車子往前開了出去。

「建軍，你忘了關車庫門了。」明儀提醒他道，不將車庫關起來，會給有心人士從車庫潛進屋裡的。

「喔！對。」陳建軍趕緊拿起遙控器，往車庫的方向按了一下。

明儀轉過頭去，確定車庫門降下來了，才問：「建軍，你怎麼了？你如果不舒服的話，我們就在家裡吃飯，我可以煮東西。」

「沒關係，出來走走也好。」

明儀沒有再說話，今天的建軍很不對勁。那兩個女人，到底是什麼來歷？

車子來到了市區，陳建軍找到了停車位，將車子停妥之後，和明儀下了車，要去他們熟悉的餐廳。

兩人走進騎樓，要往餐廳的方向前進，陳建軍這才發現，餐廳怎麼離婚紗店這麼近？以往他和明儀來的時候，他都沒有在意，在今天鄒岳珊過來之後，他對於跟新娘有關的東西特別敏感。

而婚紗店前面，都會有模特兒，穿著白紗或是禮服，藉以招攬客人。而那個木頭模特兒，通常都毫無生氣。

不過，眼前的這個模特兒，為什麼眼睛特別有神？而且他經過的時候，眼珠子還會跟著轉動……

「啊！」陳建軍驀然叫了起來！

「建軍，你怎麼了？」走在他身邊的明儀，也被他嚇了一跳！

「沒、沒事！沒事！走吧！」陳建軍拉著她，迅速離開婚紗店的前面。進到了餐廳，跨進充滿人氣的地方之後，他才覺得好一點。

「歡迎光臨，兩位嗎？」服務生走了上來。明儀跟服務生在講話，陳建軍則看著外頭，似有什麼隱形的怪物，正等著他出現。

「建軍？」明儀見他發呆，喚了他一聲。

「什麼？」

「走了。」服務生已經往裡頭走，準備帶他們到位置上去，陳建軍才想起他們出來做什麼？趕緊跟了上去。

兩個人跟著服務生到了位置上，坐了下來，明儀幫他點了菲力牛排，自己則點了莎朗牛排。這裡的牛排價格稍貴，不過因為還有沙拉吃到飽的，所以價格難免偏高。

以往點好牛排後，陳建軍都會去取沙拉吧的食物，然而今天卻一反常態，逕坐在位置上沒有行動。

「建軍，你要不要喝什麼？」明儀體貼的問道。

「隨便。」

明儀見他漫不經心，只好先去幫兩人取餐點，拿到位置上，先吃點沙拉、喝點東西，然後等牛排上來。

服務生將兩人的牛排送上來後，陳建軍拿起刀叉，刀子劃了下去！表面明明已經熟透的牛排，裡頭竟然冒出鮮血？那血液源源不絕，像劃破血袋似的，不斷湧出的溫熱液體，都快淹沒整個鐵盤了。

明儀相當錯愕，陳建軍將刀叉放下，舉起手喚服務生過來，怒斥：「你們這個牛排怎麼回事？都是血？我不是說要全熟嗎？怎麼會這樣？你們這間餐廳到底衛不衛生啊？」

服務生看到滿盤的血液，也嚇到了。

「對不起、對不起，我馬上幫你換一盤。」

「算了！不吃了。」陳建軍惱怒的站了起來，看到滿盤的血液，加上鄒岳珊今天過來找他，讓他聯想到雅婷死的時候，當艾咪的刀子刺下去的時候，血液噴灑出來。

「建軍？」

「明儀，我們去別家吃。」心情十分惡劣，陳建軍不由分說，轉身就走，明儀對服務生感到抱歉，也追了上去。

「建軍，你今天到底怎麼回事？」明儀再也忍不住，出聲問道：「你今天好奇怪，到底怎麼回事？今天那兩個女人到底是誰？為什麼你跟她們見面後，就變成這樣？」

「我不是叫妳不問嗎？」陳建軍的心情煩透了。他不想跟明儀解釋那兩個女人跟他的關係。

「我知道我不該問，可是我是你未婚妻呀！我們不是快訂婚了，有什麼事我不能知道嗎？」明儀眼眶泛紅。

「明儀，我……」陳建軍不知道要怎麼開口？他從來沒有跟明儀說過雅婷的事。

「我一直以為，男女交往，應該要坦誠才是，可是你太讓我失望了。」明儀泣不成聲。

「明儀，事情不是像妳想的那樣。」

「那你告訴我，究竟發生什麼事？」

事情相當複雜，說了，明儀會原諒他的過去嗎？不說的話，明儀心中一定會有疑問，只是心頭煩悶的他，無法面對明儀，想要逃避這一切。

陳建軍還是沒有說話，一向溫順的明儀，竟然扭身就走！陳建軍連忙跟了上去，在婚紗店前攔截到她。

「明儀，妳不要這樣。」

「你告訴我，到底發生什麼事？」

「我……」

「說呀！」

明儀等著，陳建軍沒有說話。

「你太讓我失望了。」明儀含忿的道，調頭離去。

「明儀……」陳建軍想要去追，不曉得要怎麼樣才能將她留下來？

一抬頭，赫然發現剛才那個木頭新娘模特兒，她的眼珠正望著他們，而那蒼白的嘴唇，似乎動了動，像是微笑。

陳建軍忽的打了個冷顫，快速的離開現場。

※　　※　　※

明儀還是離開了，陳建軍知道她在生氣，若是明儀有事隱瞞著他，他也很難受吧？

不過現在他無法去安撫明儀，今天小君和鄒岳珊過來找他，給了他很大的衝擊，那些事再度湧上來。

雅婷、艾咪，還有其他女人，包括現在的明儀，都讓他思索，他是不是負了每個女人？他的人生，爛透了。這是老天給他的報復嗎？

陳建軍心情煩悶，他坐在車內，摸了摸口袋，沒有菸，應該放在副駕駛座前的置物廂了。他伸手到右前方，將置物廂打開，裡頭有張照片掉了下來。

這是什麼？陳建軍拿了起來，臉色大變！手像拿到烙鐵似的，連忙將它丟開！

這不是下午那個女人給他的照片嗎？他不是丟掉了？為什麼又會出現在車

內？而且照片內，原本站在椅子後面的那個模糊的新娘，此刻竟然換了位置，坐在椅子上？

「啊啊啊！」陳建軍叫了起來！真的是雅婷嗎？她要他跟她拍婚紗照嗎？她都已經死了，為什麼還要這麼做？

陳建軍感到恐懼，他拿起照片，用力的將它撕個粉碎！然後拋到窗外。

他駕著車，先行回到家中，唯有回到家這塊安全堡壘，他才能感到安心。

陳建軍進了屋子，開了燈，從廚房拿出啤酒，先壓壓驚！才有勇氣思索，那張照片，怎麼會出現在他車上？

是鄒岳珊跟那個女人搞的鬼嗎？她們要做什麼？竟然將照片偷偷放在他車上？可是她們怎麼做的？陳建軍沒有答案。

他走到客廳，主臥房的門是開著的，裡頭沒有開燈，不過透過裡頭的梳妝檯鏡面反射，裡頭站著一個穿著白衣服的女人。

是明儀嗎？她出去的時候是穿這套衣服嗎？她什麼時候回來了？

她還在生他的氣吧？陳建軍知道，她生氣有她的道理，她是真的在乎他，才會對他不滿。

「明儀，」他開口了：「我知道妳心情不好，有些事情，我也不知道該不該說？我們已經在一起這麼久了，我很珍惜這段時光，我並不希望過去的事情，影響到我們的未來……」他的話正講到一半，手機響了！

陳建軍放下啤酒，拿起手機，他看了一下顯示來電，愣了一下，竟然是明儀？明儀就在房間，幹嘛打電話給他？

「喂？」他接通電話。

「建軍。」明儀的聲音傳了過來，她的背景聲音複雜，有人聲、有車聲，還有處於室外，被打散的聲音。「對不起。」

「對不起什麼？」

「我想了很久，你一定有什麼苦衷，才不肯跟我講。跟你在一起這些日子，我一直覺得你心中有事，今天那兩個女人來找你，你又不肯告訴我發生什麼事，我才會這麼生氣。不過我想通了，只要是人，都有過去，我等你，等你願意告訴我到底發生什麼事的那一天。」明儀一口氣將話講完，才讓陳建軍有講話的機會。

「明儀，妳現在在哪？」

「我在外面，等會我會坐公車回去。」

「妳在外面？那……」陳建軍轉頭，看著主臥房裡，梳妝檯鏡面反射出來的女人，他一直覺得那件衣服很奇怪，現在仔細一看，竟然是婚紗？

而且鏡面女人晃動，走到陳建軍看得更清楚的位置。那是化著太濃的妝的女人，竟然是──

「啊啊啊！」

※　※　※

「什麼？你願意過來拍照？好的，我馬上準備。嗯嗯，好，掰掰。」鄒岳珊接到電話，驚訝極了！她掛斷手機，馬上吩咐：「去把攝影棚準備一下！把小劉叫過來！」

「岳珊，怎麼了？」旁邊的員工詢問。

「雅婷的未婚夫……以前的未婚夫，現在要回來拍照了。大家快點準備一下！」如果完成謝雅婷的心願，能夠讓婚紗店平靜的話，鄒岳珊什麼都肯做。

「可是要下班了……」

「先拍完照再說！」

其他人也知道鄒岳珊的顧忌，沒有再多話，畢竟能把鬧鬼的事情解決的話，他們也才能在這裡好好的工作。大家趕緊去整理攝影棚，並聯絡攝影師，等準備就緒的時候，陳建軍也來了。

「陳先生，你來了呀！歡迎歡迎。」鄒岳珊第一次覺得歡迎詞很突兀。

陳建軍臉色難看，凝重的道：「只要拍照就可以了是不是？」

「是。」

「好，那現在馬上拍，拍完我就要走了！」

雖然不知道是因為什麼原因，讓陳建軍改變心意，不過鄒岳珊很開心他回心轉意，也不好詢問，迎他上樓。

「來，往這邊請。」

陳建軍踏入婚紗店，所有的人都以奇異的眼神看著他，來婚紗店拍照的新人應該都是開開心心的，只有陳建軍心情沉重。

沒有人敢點破，只希望趕快把事情辦完。

陳建軍走到二樓，回到熟悉的攝影棚，他還記得發生什麼事，還記得雅婷倒在哪裡，還記得她死前的表情。

在臨近大喜之日死亡，任誰都不甘心。他甩甩頭，想把這些不愉快的事情甩掉。

「陳先生，來，這套衣服是你的。」白白走了過來，拿了一套藍色的西裝給他。

「還要換服裝？」

「你不想換的話，也是可以的。」白白不敢確定。

「好，我換。」既然雅婷要拍婚紗照的話，他還是順著她好了，只是拍張照片，還是不要忤逆她的意思。

陳建軍換上西裝，容姊簡單幫他上點粉底，小劉在背景前放了張椅子，要他坐上去。

「陳先生，不要緊張，輕鬆點。」小劉安撫他道。

怎麼可能不緊張？他要跟鬼拍照耶！怎麼可能輕鬆的起來？陳建軍的臉色相當糟糕，小劉也不再說什麼。

「那，你把左腳放到右腳上面，左手放在大腿上，右手扶著椅背。」

陳建軍照著做了。

「好，很好，看前面。」小劉走到前面，把眼睛放到位於三角架上的照相機前，看著鏡頭……

咦？

小劉眨眨眼，離開鏡頭，看著陳建軍，再回到鏡頭前，看到裡頭除了陳建軍，還有另外一個新娘，她彎著身體，右手放在椅背後，左手撐著臉頰，笑靨如花。

這是……小劉渾身打顫，手開始發抖。

「小劉，你在幹嘛？還不快點拍？」容姊不耐煩的道，已經離她下班時間很久了，她還呆在這裡。

「容姊，妳看……」小劉聲音也相當破碎。

「怎麼了？」

容姊走了過來，透過鏡頭，也看到鏡頭裡面的狀況。

「你們到底在幹嘛？到底要不要拍？」陳建軍不悅的叫了起來！

「拍、拍！」小劉不敢多說什麼，他明白這次拍照只有一個人的因素，只是他沒曉得，鏡頭裡會多出另外一個人？

「快一點！」

小劉看著鏡頭，按下快門，而容姊別過頭，不敢看場中央，怕會見到什麼不該看的東西，而白白正在整理陳建軍的衣服。

小劉按下快門。

※　※　※

是空調的關係嗎？怎麼身體冷冷的。

陳建軍正要開口，突然感到右邊肩膀上，有什麼東西壓了上來？他用眼角餘光看，是隻纖細的手。

這個攝影棚裡，除了他之外，只有攝影師，還有助理和化妝師之外，沒有別的人了。

那這隻手是……

陳建軍臉色蒼白。

你終於來了。

雅婷？是雅婷嗎？陳建軍不敢回頭，而一股沁鼻的味道而來，這裡有誰擦了香水？味道這麼濃郁。

終於可以拍照了。

眼看其他人都在他視線可及之處，那肩膀上這隻手的主人到底是誰？

我們可以，永遠在一起了。

強烈的意念傳到他腦海中，陳建軍不敢回頭看，而事實上，他也無法動彈。他的身體，像被黏膠黏住了。

怎麼回事？為什麼他無法動彈？沒有人發現這裡多了一個人嗎？為什麼他們都沒聽到他的求救？

彷彿被嵌進看不見的岩石裡，只剩下意識在求救。陳建軍冷汗涔涔，那恐懼混雜著他的汗水，將他凍結在這個時空！

建軍……

不，不要！他不要跟雅婷在一起！誰來救救他？

啊啊啊！

※　※　※

「好了。」小劉移開眼睛，看著眼前，陳建軍呢？人呢？

場中央只有一張椅子，沒有陳建軍的人影，他動作怎麼這麼迅速？跑到哪裡去了？

「白白，陳先生呢？」小劉叫了起來。

「不是在拍照嗎？」白白這時候才把臉轉了過來，卻沒有看到他的人。

「陳先生呢？」容姊這時候終於把頭轉過來，她東張西望，攝影棚不過就這麼點大，要藏人也不容易，何況陳建軍在轉瞬之間人就不見？未免太厲害了吧？

白白拿著陳建軍的衣服，幫忙找人，這時候，有手機鈴聲從他的衣服裡響了起來！

白白找出手機，不知道該不該接，而容姊接了過去。

「喂？」

「妳是哪位？」電話的那一頭，傳來明儀的聲音。

「妳好，我這裡是婚紗公司。」

「婚紗公司？我明明是打電話給建軍，建軍在婚紗公司？」明儀錯愕不已，這麼晚了，建軍跑到婚紗公司做什麼？方才她回到家中，沒有看到他的人，只好打他的手機。

「呃，是的，他剛剛在這裡。」

「那他人呢？」

人？容姊看著四周，嚥下唾液。

「他不見了，我們也在找他。」

「不見了？」明儀尖叫起來。

「是的，不見了。」

※　※　※

那天之後，陳建軍消失了，整個人就像蒸發似的，連一點痕跡都不留下。明儀報警處理，但都沒有陳建軍的下落，她知道建軍的最後蹤跡，就是在婚紗店，所以這幾天，都往婚紗店跑。

面容消瘦，雙眼充滿血絲，原先如花的臉孔，憔悴有如骷髏。明儀走進婚紗店中，顯得格格不入。

「又來了。」

「對啊！她又來找陳建軍吧？」

一看到她，店員就竊竊私語，不知道該怎麼面對她？連忙有人打了內線電話，表明有事，請鄒岳珊下來。而鄒岳珊到了樓下，發現是明儀，也不由得愣住了。

「鄒小姐。」明儀走了上前。「還沒有找到建軍嗎？」

「很抱歉，我們並沒有陳先生的下落。」

「可是他那一天，明明是過來你們這邊的。他到底來這邊做什麼？」已經過了半個月了，還沒有建軍的消息。

那一天，發生了很多事，鄒岳珊和另外一個女人來找過建軍後，當天晚上，建軍就消失了。

「陳先生來這裡，是有點事。」鄒岳珊不肯透露。「可是到一半的時候，他就不見了，我們找也找不到他。」

「他有說他去哪裡嗎？」

「沒有。」

「你們有沒有聽到他最後說了什麼，有要到哪裡去嗎？」明儀仍不死心。

「不好意思，沒有耶！」

「建軍他……」

「很抱歉，我們真的不知道陳先生到底跑哪去了？客人的行蹤，我們是沒有辦法去干涉的。如果有陳先生的消息的話，我們一定會通知妳，好嗎？」鄒岳珊只能說好聽話。

「好，那就麻煩你們了。」明儀知道再追問下去，也得不到消息，只好先離開。

建軍他來婚紗店，究竟是來做什麼事？為什麼到一半的時候，人就不見了？這讓明儀耿耿於懷，找不到建軍，她不甘心，但又能如何？

男人消失的時候，連個答案都不留，就像他先前所藏的祕密一樣。她落寞的轉身，黯然離去。

鄒岳珊看著明儀離去，有些莫名的心虛。只是有些事，真的無法說出口。除了店裡的人員之外，她能夠和其他人討論的，就是小君了，兩人推測陳建軍的下落未果，最近小君也幾乎沒聯繫了。最後一次聯絡時，聽說她和阿光現在決定回去南部，請老人家挑個好日子，避免類似的事情又發生。

「岳珊！妳上來一下！」小劉對著樓下喊道。

「來了。」

鄒岳珊走了上去，到達小劉的工作室。他們除了幫新人拍攝婚紗照之外，也直接在裡頭處理照片。

「那個陳先生的照片，已經洗出來，也裱好了。」

「我看一下。」

小劉把二十四乘三十六的尺寸照片拿了出來，不但拍得精美，如同海報，旁邊還特別用金框裱了起來，裡頭的新娘笑靨如花，燦爛非常，而新郎則稍嫌嚴肅。

「這要放哪裡？」

鄒岳珊沉思起來，這照片，放哪都不對，但不找個地方好好放置的話，怕有麻煩，半晌，她道：「把它放門口吧！」

「門口？」小劉相當錯愕。

「對啊！快去吧！」

小劉也不再說什麼，早點把照片的事情解決，才不會夜長夢多。他拿著照片下樓，放到店門口，讓大家欣賞。

終曲

有人聽到他的呼聲嗎?他在這裡呀!

陳建軍看著人來人往的人群，想要呼喚，但他的身體無法動彈，眼神無法流轉，只剩下他的腦筋在運轉。

「欸!你們看，昨天經過這裡的時候，這張照片裡的新娘，好像不是這個動作?」一群女學生經過的時候，停了下來。

「昨天好像是捧著臉的，今天卻抱著新郎?」

「哎喲!搞不好只是不同張照片，別再看了，我們走吧!」

不!不!你們沒看錯，是同張照片!陳建軍在心頭呼喚，但整天往來的人這麼多，沒有一個聽到他的心聲。

陳建軍就算想哭，也留不下淚來。

而照片裡的新娘，卻笑得十分燦爛，原本環繞住新郎的兩隻手，此時摟得更緊了……

國家圖書館出版品預行編目資料

婚殺 / 梅洛琳著 . -- 第一版 . -- 臺北市：崧燁文化事業有限公司 , 2021.09
面； 公分
POD 版
ISBN 978-986-516-838-4(平裝)
863.57 110014832

婚殺

作　　者：梅洛琳
發 行 人：黃振庭
出 版 者：崧燁文化事業有限公司
發 行 者：崧燁文化事業有限公司
E-mail：sonbookservice@gmail.com
粉 絲 頁：https://www.facebook.com/sonbookss/
網　　址：https://sonbook.net/
地　　址：台北市中正區重慶南路一段六十一號八樓 815 室
Rm. 815, 8F., No.61, Sec. 1, Chongqing S. Rd., Zhongzheng Dist., Taipei City 100, Taiwan (R.O.C)
電　　話：(02)2370-3310　　　傳　　真：(02) 2388-1990
印　　刷：京峯彩色印刷有限公司（京峰數位）

定　　價：250 元
發行日期：2021 年 09 月第一版
◎本書以 POD 印製